近藤 真

大人のための恋歌の授業

〝君〟への想いを詩歌にのせて

太郎次郎社エディタス

はじめに

ようこそ、恋歌（れんか）の世界へ。

「戀（こい）という字を分析すれば　糸し糸しと言う心」（中村風迅洞『どどいつ万葉集』）。中学生の私は、国語の先生から教わった都々逸（どどいつ）で、この複雑な旧字体を一瞬にして覚えてしまいました。

旧字体の「戀」（）をじっくりと眺めてください。「心」の上に乗っかっている音符の「䜌（らん）」は何に見えますか。そそり立つ山？　鬱蒼（うっそう）と茂る森？　ホールいっぱいに交響する音楽？　あるいは複雑に絡みあった糸？

「䜌」について白川静の解説です。

「言の両旁に糸飾りを垂れている形。言は神への誓約を収めた器。祝詞（のりと）の器（𠙵（さい））の上に自己詛盟（そめい）の意味で、入墨の辛（針）をそえた形」（『字通』）

頭でっかちの音符を、意義符の「心」が懸命に支えています。この心、けなげでしょう。押しつぶされそうになりながらも、ひしゃげた姿でじっと耐えています。恋という感情の、胸をぎゅっと締めつけられた心の姿そのままです。

当事者にとって、恋はかけがえのないライフ・ストーリーです。そこには人の数だけの物語が紡がれています。それは文学のことばを得ることによって、多くの人びとの共通の物語になるのです。古今東西の詩人たちがその仕事をしてきました。

この本における私の役割は、読者のみなさんと恋の詩歌とをつなげ、素敵な出会いへといざなう媒介者（メディエイター）です。詩人たちのことばに耳を澄ませば、やがてあなた自身に降り積もっているあの日、あのときの心のときめきや、せつない思いが呼び起こされることでしょう。

＊――本書で引用した詩歌については、読みやすさの観点から、送り仮名を加える、旧字を新字に改める、難読漢字に振り仮名をつけるなど、必要に応じて表記を改めました。

大人のための恋歌の授業

目次

第三章 恋に一歩踏みだして

第四章 恋のまっただなかで

第五章 別れのうた

第六章 なつかしむ恋

第七章　夫婦の愛

第一章 初恋

❖情熱に満ちた明治の恋歌

私の曾祖母、キヨノばあさんは、明治十四年に山口県に生まれ、九十九歳まで生きました。ものごころついたときのばあさんは、朝夕、仏壇のまえでひたすら南無阿弥陀仏を唱える専修念仏の徒でした。

あるとき、ばあさんが、ずいぶんまえに亡くなったじいさんとのなれそめを話してくれたことがあります。大恋愛のすえの結婚だったそうです。彼女にとっては初恋、すなわちたった一度の恋での結婚でした。じいさんから、「おまえといっしょになれないなら俺は死ぬ」と〝脅迫〟され、数えの十五で嫁いだと。しわくちゃの顔に、ぱっと笑顔の花が咲きました。

そのときのキヨノばあさんは、いかにもうれしそうで誇らしげでした。熱く深く愛され愛した記憶は、九十になろうとする女性の脳裏になお新鮮でした。

明治に育った彼女がどこまで詩歌に親しんだかはわかりません。しかし、近代覚醒期の不羈奔放な時代精神は、彼女のなかに脈々と生きつづけていました。そのときから、恋愛を大胆に情熱的にうたった明治の詩人たちが私に親しく近寄ってきました。かれらは明治の精神革命の担い手だったのです。自分の感情に正直に生きる人びとへの共振と、その勁(つよ)さにたいするあこがれを抱きます。

時代精神を体現した詩人たちの絶唱は、百年のあいだ輝かしいオーラを発しつづけ、これからもその色彩をさまざまに変化させながら、人間を大切にして生きようとする人びとの背中を押しつづけるでしょう。

髪五尺ときなば水にやはらかき少女(おとめ)ごころは秘めて放(はな)たじ

与謝野晶子(よさのあきこ)

*――『みだれ髪』（一九〇一〈明治三十四〉年）収載。

晶子は激動の日本近代を、創作者として、妻として母として教育者として、観念のことばではなく実感のことばで生きぬきました。第一歌集『みだれ髪』には、繊細で勁く、そして匂やかであでやかな歌うたが咲き乱れています。すべての歌を貫いているのは強烈な自尊感情、自己信頼感です。

山を見よ山に日は照る海を見よ海に日は照るいざ唇(くち)を君

若山牧水(わかやまぼくすい)

＊――『海の声』（一九〇八〈明治四十一〉年）収載。

青々とした山と海を背景に、恋人たちにも日の光がさんさんと降りそそいでいます。二人が口づける一瞬を、われわれ読み手も息を殺して見つめます。

恋愛をさまざまにうたいあげることにおいて、俳句は短歌に比べるとその数において多くはありませんが、しかしこの形式ならではの「空白」が、読者をさまざまな想像にいざないます。

明け易(やす)き夜を初恋のもどかしき

正岡子規(まさおかしき)

＊――『寒山落木　巻四』（一八九五〈明治二十八〉年）収載。季語「明け易し」で夏。

人を恋い焦がれて悶々とする夏の夜、眠りも浅く、夜中にふと目が覚めてはうとうとする。そうこうしているうちに、外はいつのまにか薄明るくなっている。そのときの焦燥感。

我が恋は林檎の如く美しき　中川富女

*――竹村秋竹編『明治俳句』（一九〇一〈明治三十四〉年）、河東碧梧桐・高濱虚子（正岡子規の代選）選の句集『春夏秋冬　夏之部』（一九〇二〈明治三十五〉年）収載。季語「林檎」で秋。一八七五〈明治八〉年生まれ。

実らなかった恋の回想。この恋は、初恋だったのでしょうか。富女は、みずからの恋を一顆の林檎のように大切に温めています。あのときの私は林檎そのものだったのだと。この句が発表されたのちの、彼女の消息はわかっていません。その林檎を懐に、彼女はどんな人生を生きたのでしょうか。

❖まだあげ初めし前髪の〝君〟へ

初恋といえば、藤村（とうそん）ははずせません。いまさら私が何をいうことがありましょうか。そう思ってはみたものの、やっぱりちょっと語ります。

初恋　島崎藤村（しまざきとうそん）

まだあげ初（そ）めし前髪の
林檎（りんご）のもとに見えしとき
前にさしたる花櫛（はなぐし）の
花ある君と思ひけり

やさしく白き手をのべて
林檎をわれにあたへしは
薄紅（うすくれない）の秋の実に

人こひ初(そ)めしはじめなり

わがこころなきためいきの
その髪の毛にかかるとき
たのしき恋の盃(さかずき)を
君が情(なさけ)に酌(く)みしかな

林檎畠(りんごばたけ)の樹(こ)の下(した)に
おのづからなる細道は
誰(た)が踏みそめしかたみとぞ
問ひたまふこそこひしけれ

＊――一八九七（明治三十）年刊の第一詩集『若菜集』に収載。ときに藤村二十五歳。日本近代詩の夜明けを告げる詩集です。それまで詩といえば漢詩をさしていましたが、藤村の文語定型詩は、新体詩と呼ばれました。西洋の poetry に相当する日本の新しい詩歌をつくろうとした藤村は、日本近代詩の変革者といえましょう。

恋の詩の常緑樹。明治の匂やかな風が吹いてきます。流麗なリズムに乗せて老若男女、とりわけ若い人びとに愛誦されました。藤村は明治ばかりでなくその後の日本人に、とくにそのときどきの時代の若い人びとに、最高の日本語の贈りものをしてくれたのです。

まずは口ずさんでみましょう。音読や暗唱ぬきに、この詩には出会えません。

さわやかな抒情性。流麗でありながら、感傷に流れない勁さがあります。そして、均整がとれています。定型詩七五調がもつ音楽性と安定感があります。

❖ 四連の恋のドラマ

ここからは一連ずつ読んでいきます。

第一連、出会う。恋の兆しです。

いましも少女時代から抜けでたばかり。それが「花ある君」、花のように美しいあなた、です。おかっぱ姿の子どもが髪を結い、前髪を上げ、花櫛——花飾りのついた櫛——をさす、それは「私は大人になったのよ。声をかけて」というメッセージ。私は林檎の木の下の君を見初めたのです。二人の距離はまだ離れています。

第二連、触れあう。恋のはじまりです。

君が白い手をやさしくさしのべた。その手にある林檎。それを私が受けとる。二人の手と手が触れあう一瞬、林檎は、女性からのやさしさのこめられた、初恋の象徴としての「薄紅の秋の実」になったのです。君の白い手と薄紅の秋の実の色彩の対比が美しい。

第三連、燃える。恋の喜びに酔いしれる〝われ〟。

高ぶる心が思わず発した熱いため息が、彼女の髪の毛にかかります。彼女はそれを髪の毛のみならず、耳もと、頬、うなじで感じとります。二人の距離はゼロセンチ。すなわちぴったりと寄り添っています。二人の関係は、第二連から大きく飛躍しています。

第四連、深まる。時間の経過とともに進展した恋の確かめです。

逢瀬(おうせ)をくり返す二人。〝君〟のたわむれの問いかけに、〝君〟への恋しさをいよいよ募らせる〝われ〟。純粋でうぶな〝われ〟にたいして、大人びてませた〝君〟は〝われ〟を翻(ほん)弄(ろう)し、その気持ちをもてあそぶかのよう。

詩「初恋」を読んでしまった者にとって、林檎はもはやいままでの「林檎」ではなく、詩的な奥行きをともなった「薄紅の秋の実」として見えてきます。この詩のフィルターをとおして林檎を見てしまう、林檎が見えてしまう。これはもはや、どうにも逃れられないことのようです。たった一篇(いっぺん)の詩が、日本人の恋愛観のみならず、林檎の見え方にも大きな影響を与えているのです。

九州育ちの私は、赤い林檎が枝もたわわになっている光景をまだ見たことがありません。だから林檎畠の風景は、いまでも私のあこがれの彼方にあるのです。

❖課　題――1

詩「初恋」を、〝君〟の立場から書きかえる。

・〝君〟の目には、〝われ〟はどのように映っているか、想像してみましょう。
・〝われ〟からの呼びかけに、あなたが〝君〟になって応答しましょう。
・七五調の定型で書いてみましょう。

「初恋」は、少年・男性の〝われ〟の視点で書かれています。あくまでも〝われ〟の目に映った〝君〟が描かれているのです。この詩において、世界の中心にいるのは〝われ〟。こんどは〝君〟の視点に立ち、少女を主人公にこの詩を書きかえてみたいのです。読者のあなたが〝われ〟の恋人になって、思いきり「恋の詩」をつくってみてください。

一連ずつ創作し、四連を仕上げてみましょう。あまり気負わずに。少女に変身して書くのです。虚構だからこそ正直に書ける、そして、七五調で四行ずつという「型」があるので、自由詩よりもかえって書きやすいと思います。第一連が書ければだいじょうぶ。

それでもちょっとむずかしいという人は、25ページからの作例を先に見てください。同じ課題で生徒さんたちに書いてもらった詩を紹介しています。

◇第一連は「あなた（少年）と出会った私」

少女の美しさに心を動かされた少年の、この呼びかけにたいする返事を書く。
林檎の木の下に立っている少女は、少年の視線を感じて何を語ったのか。

まだあげ初めし前髪の
林檎のもとに見えしとき
前にさしたる花櫛の
花ある君と思ひけり

◇第二連は「あなたに林檎を渡した私」

はじめて恋心を抱いた少年の呼びかけにたいする返事を書く。
林檎を少年に渡しながら、少女は何を語ったのか。

やさしく白き手をのべて
林檎をわれにあたへしは

薄紅の秋の実に
人こひ初めしはじめなり

◇**第三連は「あなたの告白を受けた私」**

恋に酔いしれ、少女に夢中になっている少年の呼びかけにたいする返事を書く。
自分の髪の毛にかかる少年の吐息を感じながら、少女は何を少年にささやいたのか。

わがこころなきためいきの
その髪の毛にかかるとき
たのしき恋の盃を
君が情に酌みしかな

◇**第四連は「あなたとの恋をいたずらっぽく問いかけた私」**

少女への愛しさを募らせる少年の呼びかけにたいする返事を書く。

自分の問いかけに、いっそう深い恋心の吐露で応答する少年に、少女は何を語ったのか。

林檎畠の樹の下に
おのづからなる細道は
誰が踏みそめしかたみとぞ
問ひたまふこそこひしけれ

❖それぞれの思い出にかたどられた〃君〃

いかがでしたか。ここで、三人の生徒さんが詠んだ作品を紹介しましょう。
まず、洋子さん（60代）の作品。〃われ〃と〃君〃との対話形式で声に出して読んでみてください。

まだあげ初めし前髪の／林檎のもとに見えしとき
前にさしたる花櫛の／花ある君と思ひけり

初めて前髪あげました／私は今は変わったの
花櫛さしてみせましょう／林檎のようなあのひとに

やさしく白き手をのべて／林檎をわれにあたへしは
薄紅の秋の実に／人こひ初めしはじめなり

この手で包みまるごとの／私が渡すこの林檎
薄紅の秋の実は／あなたに託す恋の夢

わがこころなきためいきの／その髪の毛にかかるとき
たのしき恋の盃を／君が情に酌みしかな

あなたの深いためいきは／私の頬(ほほ)と髪ぬらす

やっぱり私もあなた好き／ふたりがいつか離れても

林檎畠の樹の下に／おのづからなる細道は
誰が踏みそめしかたみとぞ／問ひたまふこそこひしけれ

林檎畠の樹の下の／並んで歩いた細道は
誰も気づかぬ記念碑に／きっとなるはずそうでしょう

恋のただなかにありながら、いつか訪れるであろう別れをすでに〝君〟は感じています。そこから生まれる陰翳（いんえい）。原詩の文語と生徒さん作品の口語の響きが交響して、たがいのよさがくっきりと見えてきます。

この詩を書くとき、「薄紅の秋の実」を手もとに置かれることをお勧めします。〝君〟を具体的にイメージしながら創作するための、貴重な小道具になります。「林檎」―「薄紅の秋の実」―「君」は一体ですから、林檎を〝君〟に重ね、よりリアルに〝君〟になりかわるための装置なのです。

いつも見かけた気になるあなた／花櫛挿しておめかしした日
とうとう届いた眩しい視線／はにかむ笑顔に時間が止まる

抱く林檎の香のように／甘く広がる私の想い
すべて託した紅い実を／どうぞしっかり受け止めて

林檎の葉擦れも何時しか遠く／在るのはあなたの熱さのみ
林檎畠が世界のすべて／あなたと私の二人だけ

白い花咲き緑陰作り／今年も実った薄紅
いつも変わらず傍にはあなた／林檎畠に実った初恋

［和子さん・50代］

〝われ〟との濃密な世界の表現。二つの「いつも」に恋の永続性への願いが託されています。

まだあげ初めし前髪で／林檎のもとに駆けたのよ

前にさしたる花櫛を／花あるひとと思うかな

好きなあなたに食べさせる／林檎を摘むのは罪ですか

薄紅の秋の実に／私の思い伝えたい

あなたのふかいためいきが／私の髪にかかるとき

せつない恋を予感して／私の胸はふるえます

林檎畠の樹の下に／続く二人の恋の道

明日のことは聞かないで／あなたと同じ思いなの

［茂さん・60代］

第四連、〝君〟が〝われ〟にたいして放つ媚態（コケットリー）に注目。
三人の表現者たち、この詩のなかの〝君〟をそれぞれにかたどっています。

❖白秋の「初恋」のものがなしさ

愛唱される詩歌をつくる詩人は幸せです。その詩歌を共有できる国民は幸せです。

「ぼく、きょうの授業で『初恋』を習ったよ。もう暗唱できるよ」と孫が言います。

「ああ、あの詩だね。私も、若いころに読んで覚えてるよ」とおばあさんが応えます。

家族の会話で登場するそんな詩歌が、ひとつでも多くあればいいですね。

「初恋」は、その数少ない大切な作品なのです。

しかし、藤村以後の詩人が初恋をうたうとき、いやおうなしに彼との対決を迫られるのではないでしょうか。初恋といえば藤村と、分かちがたく結ばれているのです。読み手も、初恋をうたった詩は藤村とひき比べて読んでいる。少なくとも私は、そうなってしまいました。

そこでつぎは、北原白秋（きたはらはくしゅう）の「初恋」です。

初恋　　北原白秋

薄らあかりにあかあかと
踊るその子はただひとり。
薄らあかりに涙して
消ゆるその子もただひとり。
薄らあかりに、おもひでに、
踊るそのひと、そのひとり。

*――収載は、白秋の第二詩集『思ひ出』。一九一一（明治四十四）年刊。白秋二十六歳。この作品によって、白秋は明治詩壇の第一人者としての地位を確立しました。藤村『若菜集』刊行の十四年後。この詩を読んだであろう四十歳の藤村のつぶやきを聞きたいものです。

この詩を読んだときに、藤村のそれとの違いにはっとさせられました。
藤村は、男女の双交通のよろこびの姿を描き、女性を幸福の相でうたった。対する白秋は、少年からの単交通の哀しみを描き、女性を不幸の相でうたった。

この詩をくり返し音読すると、やがて少女の身の上と彼女を凝視する少年の気持ちに共鳴して、私もなんだか苦しく切なくなってしまいます。

踊っている場所は舞台でしょうか。一人でしょうか、それとも多人数のなかの一人でしょうか。

いずれにしても、作者の目には、「その子」一人しか映っていません。少年の目はひたすら「その子」に注がれ、踊りの一部始終を息をのんで見入っている。薄らあかりのなかにあかあかと「その子」が照っている。「ただひとり、ただひとり、そのひとり」と、わずか六行の詩に三度も「ひとり」が出てきます。


白秋は、詩のなかにしばしば「あかあかと」ということばを使っています。

まっ先に思い浮かぶのは、

「春の鳥な鳴きそ鳴きそあかあかと外の面の草に日の入る夕べ」（一九一三〈大正二〉年刊、第一歌集『桐の花』収載）。

中学校の教科書にもとられている有名な歌です。

世界をまっ赤に染めながら沈んでいく夕陽と、先の詩の「その子」とが重なって見えるのは私だけでしょうか。夕陽さながらの「その子」を一心に見つめている少年の姿のなんと切ないことでしょう。

もともと踊りは、楽しく幸福な行為ですね。盆踊りの楽しさ、にぎやかさはみなさんもご存じです。十二歳の私の娘はいま、韓流アイドルの「少女時代」に夢中です。暇さえあれば、親の iPad を持ちだして友だちと、アイドルの映像に合わせてそのヒット曲を踊っています。じつに楽しそうです。しかし白秋の「踊るその子」は、幸せな姿で踊ってはいません。薄らあかりに涙して踊る「その子」には、どんな不幸の物語が秘められているのでしょうか。

以前、旅芸人の子が二人、私が勤めていた中学校に転入し、一か月ほどいたことがあります。事情あって親が旅の一座にあずけた子どもたちで、学校でも、扇子を回す稽古をしていました。授業が終わってほかの生徒が部活動にうち込んでいるとき、肩を寄せあった二人が校門からの坂道をくだっていく寂しい背中を思い出します。

❖少年時代の淡いあこがれ

ここで、白秋の歌をひとつ読みましょう。

ヒヤシンス薄紫(うすむらさき)に咲きにけりはじめて心顫(ふる)ひそめし日　北原白秋

＊——一九一三（大正二）年、第一歌集『桐の花』収載。

白秋は、少年時代の淡い感情やあこがれをずっと温め、熟成して、みごとな詩に結実させました。その精華は詩集『あこがれ』や歌集『桐の花』に収められています。この歌もそのひとつです。

ときは早春。繊細な少年の心に、ヒヤシンスがみごとに呼応しています。初恋の経験において青春時代が始まるのです。

ヒヤシンスは、幕末の維新変革のさなかに、ヨーロッパの文物とともにわが国に入ってきました。異国の風情を漂わせた花でした。

❖「初恋や」で一句詠む

つぎは江戸中期にさかのぼります。初恋を詠んだ素敵な俳句があります。

初恋や燈籠によする顔と顔　炭太祇

＊――『太祇句選　後編』（一七七七〈安永六〉年）収載。炭太祇は江戸時代中期の俳人。京都・島原遊郭のなかに庵を結び、与謝蕪村とも親交があった。
季語「燈籠」で秋。ここでは盆燈籠。盂蘭盆に、死者の供養のためともす燈籠。

この句との出会いは大岡信『折々の歌』でした。私が大学生協書籍部で求めた岩波新書黄版の奥付は、一九八〇年五月二十五日第四刷発行。茶色く変色した紙と手擦れした表紙に三十一年の時間を思います。しかし、本は古びても、この句はちっとも古びません。「恥じらいつつ二人して灯影に顔を寄せ合っている少年少女」（大岡信）の姿は、鮮やかに私の脳裏に刻まれています。

盆灯籠と、そのあたたかい光に照らされた少年少女の顔だけが切りとられています。二人の顔だけがくっきりと明るい。最初に読んだとき、「あ、いいな」、すぐにそう思いました。

いきなり「初恋や」です。切れ字「や」の強い響きに読み手ははっとします。このことばは、読み手に衝撃を与え、想像を飛翔させる力を十分にもっています。読者は初句で立ちどまって、しばし「初恋」への思いをめぐらす。若かりしころの自分の体験に思いをめぐらすもよし、娘の恋にあれこれ気をもんだときを思い出すもよし。

そして「燈籠によする顔と顔」です。「よする」は現在形です。

近代の詩人たちの初恋が、多く過去回想の相、なつかしさにおいてうたわれているのにたいして、この句は現在の相において詠まれています。いまその瞬間を、スナップショットでとっています。二つの顔が、うれしそうに恥ずかしそうにオレンジのやわらかく温かい光に照らされています。そのつかのまの華やぎ。それをほほえましげに見ている作者のまなざしもこまやかで温かい。

いまここにいる若い二人に触発されて、作者も若かりしころの同じ心のときめきを回想しているのかもしれません。そうであっても、この句はやはり、いまのこの場所・このときが出発点なのです。

❖ **課　題——2**

あなたも初句に「初恋や」を据えた句を詠んでみませんか。

大切なのは季語です。「初恋や」に、どんな季語をとりあわせますか。「初恋や」に続けるのではなく、とりあわせるのです。そして、あなたの記憶の海底に沈んだワンショットを水面に浮かびあがらせませんか。

過去回想は、たんなるノスタルジアではありません。いまとは別人の、あのときの「私」に出会うことです。

初恋や

【生徒作品……課題2】

初恋や昨日と違う若葉萌(も)ゆ　〔洋子さん〕

初恋や狙って囃(はや)され雪合戦　〔和子さん〕

初恋や白百合の前くちごもる　〔茂さん〕

❖恋の先にある静かな情愛

同じ作者の句を続けて読みましょう。

寐（ね）よといふ寝ざめの夫（つま）や小夜砧（さよぎぬた）　炭太祇

＊――『太祇句選』（一七七二〈明和九〉年）収載。季語「小夜砧」で秋。小夜の「小」は接頭語。砧は、木槌で布を打ちやわらげるのに用いる石または木の台、またそれを打つこと。女性の夜なべ仕事でした。

夜、夫がふと眠りから覚めました。見ると妻は砧を打っている。「もう遅いから寝なさいよ」と妻へ声をかけます。

いたわりあってつつましく生きる夫婦です。秋の夜の砧の響きとかすかな光のなかで交わされるわずかな会話は、慌ただしさと喧噪（けんそう）からもっとも遠いところで営まれる精神世界です。

若かりしころの恋の先に枝分かれする支線のなかの、ひとつの幸福な終着駅をこの句に見ます。この夫婦、かつて燈籠に顔と顔とを寄せあった少年と少女だったのかもしれません。いまの私には、たまらなく魅力的な句です。

＊＊＊

恋、なかんずく初恋においては、打算も駆け引きもなく、虚栄もありません。だからこそ私たちは、遠い記憶のかなたにある初恋を、純情な心の証として、また私自身を大切にする経験として追憶し、いとおしむのです。

しかし、それは多く独白（モノローグ）の世界でもあります。単交通の、ひと一人がやっと歩けるほどの踏みわけ道なのです。

そんな初恋の世界に、ここでひとつの区切りをつけます。これからは、恋の階梯（ステップ）における男女の出会いと別れ、男女の心の機微やコミュニケーションの姿、振幅の大きな喜怒哀楽の感情がさまざまな物語を咲かせる、恋の詩歌の世界へと分け入りましょう。

第二章　恋の三歩手前で

❖恋の予感

恋のはじまりは、かすかな心の動きから。みずからの心の変化に気づいた俳人たちのつぶやきに耳をすませてみましょう。

冬の薔薇(ばら)さだかならねど恋ならむ　成瀬櫻桃子(なるせおうとうし)

＊――季語「冬の薔薇」で冬。『風色』(一九七三〈昭和四十八〉年)収載。

夏の薔薇はあでやかに咲きほこる。対して冬の薔薇はひそやかに咲く。この薔薇と響きあうのが、淡い恋心。はっきりとした自覚はないけれども、いまのこの心の動き、このときめきは、きっと恋というものだろう、と自身に問いかけています。かすかに動く恋心にとまどいつつも、そこに小さな歓びを感じています。そんな作者のそばに冬の薔薇がそっと寄り添っています。

美しき人や蚕飼(こがい)の玉襷(たまだすき)　高濱虚子(たかはまきょし)

＊——季語「蚕飼」で晩春。「蚕飼」は「蚕を飼う人」、「玉襷」は襷の美称。一九〇一（明治三十四）年の作。ときに虚子二十八歳。句集『五百句』（一九四七〈昭和二十二〉年）収載。

襷姿で養蚕にいそしむ一人の女性の美しさに感動した作者。「美しい人だなあ！」と手放しで賞賛しています。その滴るような美しさへの飾らない感動を、切れ字「や」が表しています。作者は女性の美しさを日常の労働の相において詠(よ)みました。詠まれた彼女は、さぞうれしく誇らしかったことでしょう。旅先での一人の女性との出会いのワンショットは、すなわち恋の三歩手前を表しています。

❖課　題――3

男性のあなたへ。「**美**しき**人**や」と**感**じたときはありませんか。あなたが**素敵**に**感**じた、あのときの、あの**女性**のワンショットを**詠**んでみませんか。

美しき人や

【生徒作品……課題3】

美しき人や寒夜(かんや)の針仕事

［茂さん］

祭笛（まつりぶえ）吹くとき男佳（よ）かりける

橋本多佳子（はしもとたかこ）

＊――季語「祭笛」で夏。ここでの祭りは、京都祇園祭（ぎおんまつり）。祇園祭は京都八坂神社（祇園社）の祭礼です。京都の夏の風物詩で、七月一日から三十一日までの一か月間にわたっておこなわれる長い祭りです。なかでも「宵山（よいやま）」（十四日から十六日）、「山鉾巡行（やまほこじゅんぎょう）」「神輿渡御（みこしとぎょ）」（十七日）が祭りのハイライトです。『紅絲』（一九五一〈昭和二十六〉年）収載。

京都祇園祭、宵山の光景を切りとった句。山鉾からは祇園囃子（ぎおんばやし）のコンチキチンという独特の節回しが聞かれます。祭りにくりだした群衆に揉まれながら、作者の目と耳は、一人の男に向けられています。祭りの場で一心に笛を吹く男。その浴衣姿から男のさわやかな色気が匂いたちます。それを率直に「佳かりける」と言いきった作者。多佳子は男性の色気を、非日常の相において詠みました。祭の場では、そこに集（つど）うすべての人の心が華やいで、恋の三歩手前にいるのではないでしょうか。

❖ 課　題――4

女性のあなたへ。「男佳かりける」と感じたときはありませんか。あなたが素敵に感じた、あのときの、あの男のワンショットを詠んでみませんか。

［　　　　　　　　］とき男佳かりける

【生徒作品……課題4】

盃（さかずき）をほすとき男佳かりける　［洋子さん］

鶯（うぐいす）を呼ぶとき男佳かりける　〔同〕

中ジョッキ飲み干し男佳かりける　〔和子さん〕

夜桜を背負って男佳かりける　〔同〕

◉――男のかっこよさを酒を飲みほす姿に見る二人。洋子さんは、盃に注いだ酒。対する和子さんは、ジョッキに注いだ生ビール。ともに酒宴の一場面。弾む会話も聞こえてきます。ここにあるのは、異性の小さなしぐさにはっとする感性。小さな部分からその人の全体へと拡がる想像の力です。

❖胸に秘めた思い

気づいても、なかなか表に出せないのが恋心というものかもしれません。そんないじらしいあこがれを詠んだ作品を紹介します。

そなさんと知っての雪の礫(つぶて)かな　沢田(さわだ)はぎ女(じょ)

＊――季語「雪の礫（雪礫）」で冬。明治四十年代の作。『沢田はぎ女句集』（一九六三〈昭和三十八〉年）収載。

そなさんは二人称「そなたさん」の略。そなたさま（其方様）の意味で、「あなた」「あなたさま」と、親愛の情をこめて相手を呼ぶときの呼称です。

私が生まれ育った長崎では、まとまった雪が降ることはめったにありません。その冬はじめての雪の朝、私たち子どもは銀世界に胸躍らせて登校しました。始業を遅らせての全校雪合戦が目当てです。子どもも先生もいっしょに雪玉を投げあいます。おおらかな時代の、おおらかな校長のおかげでした。

小学校三年生のときの同級生ルミちゃん（仮名）は、男子の憧れの的でした。雪合戦が始まると、ルミちゃんはたちまち男子にとり囲まれました。やめて、やめての彼女の哀願にガキどもは耳を貸さず、かえって興奮して彼女に雪礫の集中砲火を浴びせます。したたかに雪礫を食らった彼女はやがてべそをかきだしました。われに返ったガキどもは、つぎの女の子を標的にそそくさと走り去っていきました。しくしく泣くルミちゃんを、まわりの女の子が慰めています。

ルミちゃんへの雪礫は、乱暴な形態をとっての、彼女にたいするあこがれの表現ではなかったのでしょうか。内心、男子はみな願っていたのです。ルミちゃんが真っ先に雪礫を投げつける相手は自分であってほしい、と。

❖課　題――5

「そなさんと」のように、ねじれたかたちをとって表現された恋心を五七五で詠んでみましょう。

【生徒作品……課題5】

追いかける君を知りつつ萩の中

［洋子さん］

夕立ちに遭（あ）わせてみたい女（ひと）がいる　［茂さん］

よそ見するその脇腹をグーで殴る　［誠さん・30代］

うち　知ってんねん　島田陽子（しまだようこ）

あの子　かなわんねん
かくれてて　おどかしやるし
そうじは　なまけやるし
わるさばっかし　しやんねん
そやけど
よわい子ォには　やさしいねん
うち　知ってんねん

あの子　かなわんねん
うちのくつ　かくしやるし
ノートは　のぞきやるし
わるさばっかし　しやんねん
そやけど
ほかの子ォには　せえへんねん
うち　知ってんねん

そやねん
うちのこと　かまいたいねん
うち　知ってんねん

＊――『大阪弁のうた二人集　ほんまに　ほんま』（畑中圭一との共著、一九八〇〈昭和五十五〉年）収載。もともとは「うち知ってるねん」でしたが、その後、国語教科書などに採録されるさいに「うち知ってんねん」となりました。

＊＊――①「うち知ってんねん」の「ねん」は、「話し手だけが承知している内容、中で

も自分に関することを、相手に開いて見せるという気持ち」（尾上圭介『大阪ことば学』）。尾上氏は、この詩を例に挙げて、「ねん」の多様な用法について解説しています。
②「かなわない（かなわん）」。負担が大きくてそれに耐えられない。困ってしまう。もて余してしまう。（大辞林）

小・中学校の国語教科書にものっている詩です。少女はだれに向けて語っているのでしょうか。先生ではなさそうです。お母さんでしょうか。それとも友だち？

ここでうたわれているのは、思いと表現のねじれです。少年は、少女へのあこがれ、恋心を裏返しでしか表現できないのです。意地悪で乱暴な行為の奥に潜む、少年の本心とやさしさを見抜き、彼の行為に困りつつ、その思いを受けとめ理解しようとする少女のやさしさに、私はうれしくなります。「かなわんねん」といいながら、その行為の裏にある気持ちが、「うち」はやっぱりうれしい。同時に、ほかの人は気づかないその子の本心を知っているのは私だけなのよ、とちょっと得意げな「うち」です。

そして彼女は少年を弁護します。「あの子」はただの乱暴者ではない。もっと彼のことをわかってほしい。聞き手にたいする共感の要求が、三度くり返される「うち　知ってんねん」、なのです。

あなたの子ども時代、これと似たような経験、感情の発露はありませんでしたか。そのときのあなたは、詩のなかの女の子「うち」？　それとも男の子「あの子」？

❖しなかったことの後悔の深さと長さと

かの時に言ひそびれたる
大切の言葉は今も
胸にのこれど
石川啄木（いしかわたくぼく）

*――歌集『一握の砂』（一九一〇〈明治四十三〉年）中、「忘れがたき人人　二」二十二首中、六首目の歌。

あの人が話したがっていたことを聞きそびれる、あの人への礼状を出しそびれる、あの人のお見舞いに行きそびれる、とうとうあの人の葬式に行きそびれる……。人生には、しそびれたことのなんと多いことでしょう。

しなかったことの後悔は、したことの後悔よりもずっと深く長くその人の心にまとわりつづけます。喉に引っかかったままの魚の小骨のように。

「かの時に」、その一度きりの機会はもはやとり戻せません。彼女に自分の思いを告げようとした作者でしたが、あと一歩が踏みだせなかった。

しかし、こうも思います。そのときに啄木が自分の思いを告げていたら、この歌は生まれなかった、と。彼が言いそびれたがために、日本人の感情の財産とも言うべき『一握の砂』の重要な位置を占める「忘れがたき人人　二」の二十二首が生まれたのです。この二十二首なくして『一握の砂』は、たとえるならば『門』の欠落した漱石全集であり、技芸天（ぎげいてん）のいない秋篠寺（あきしのでら）であり、五重塔のない室生寺（むろうじ）でありましょう。

「胸にのこれど」、言いさしです。言いそびれたことばをずっと胸にしまっている作者は、だから「かの時」の記憶と情熱とを新鮮に保っているのです。炎を上げて燃えさかった丸太がやがて熾（おき）になり、表面は白い灰になりながら、その下で静かに燃えつづけているように。啄木は「ど」のあとに、どんなことばを続けたかったのでしょうか。

啄木の恋の対象は、橘智恵子。啄木は、一九〇七（明治四十）年、函館区立弥生尋常小学校に三か月、代用教員で勤めましたが、そこの訓導（正教員）が、十九歳の彼女でした。ときに啄木二十二歳。

啄木と彼女のあいだは、

頬（ほ）の寒き
流離（りゅうり）の旅の人として
路問（みち）ふほどのこと言ひしのみ

（「忘れがたき人人　二」二首目の歌）

と彼がうたったように、さすらいの旅人が通りすがりの人に道をたずねただけの、淡くかすかな、単交通の関係でした。しかし、そんな通りすがりの人が、別れたあと、時を経るごとに恋しくなるのです。

さりげなく言ひし言葉は
さりげなく君も聴きつらむ
それだけのこと

（「忘れがたき人人　二」三首目の歌）

啄木は、彼女と自分のひと言ひと言を、時間がたってもありありと覚えています。ほんとうに伝えたいことばだからこそ小声でさりげなく言い、それを相手もさりげなく聴いていた。

人がいふ

鬢（びん）のほつれのめでたさを

物書く時の君に見たりし

（「忘れがたき人人　二」九首目の歌）

「物書く時の君」、場所は学校の職員室でしょうか。鬢のほつれを気にもとめずに一心に執務をしている「君」と、その姿に見入っている啄木。

若い女性教師は、学級の子どものことで四六時中、頭がいっぱいです。学級だよりを書いているのでしょうか、それとも子どもの作文に赤ペンを入れているのでしょうか。多くの女性が家に縛りつけられていた明治時代に、教師という専門職で仕事に打ち込む女性はさぞかし輝いていたことでしょう。

❖狂おしく恋に焦がれて

つぎは朔太郎（さくたろう）の作品です。

襟（えり）しろき女に見とれ四ツ辻の電信柱に突きあたりけり

萩原朔太郎（はぎわらさくたろう）

＊――自筆歌集『ソライロノハナ』収載。一九一三（大正二）年制作。ときに朔太郎二十八歳。

「ちぇっ、われながらとんまな奴だ」と舌打ちをして自嘲する作者の姿が浮かびます。見とれる（余りの美しさに心を奪われて、うっとりとして見入る〈新明解国語辞典〉）とはそもそもこういうことなのです。自分がしでかした失敗をありのままに述べた詩人の純真さが、私は好きです。

女性の白い襟以外の事物や風景が目に入らない作者は、電信柱にわが身をしたたかに打ちつけて、現実に引きもどされました。そこは街の交差点。車も行き交うにぎやかな雑踏です。女に見とれている刹那、心は彼岸（ひがん）にあって、しかしからだは此岸（しがん）にしっかりと結わえつけられています。

作者の見とれる力、見惚れる力、美しいものに出会ってわれを忘れ、美の世界に瞬時に飛翔し没入する感性が、のちの神品の詩の数かずを生みだしたのです。街を歩く女に見とれて電信柱につき当たった男は、四年後、近代詩の金字塔とよばれる詩集『月に吠える』（一九一七〈大正六〉年）を発表しました。

この詩集のなかから、女性への激しいあこがれが最高のことばの芸術に結晶した作品を紹介します。ぜひ、声に出して読んでみてください。

愛憐

きつと可愛いかたい歯で、
草のみどりをかみしめる女よ、
女よ、
このうす青い草のいんきで、
まんべんなくお前の顔をいろどつて、
おまへの情慾をたかぶらしめ、
しげる草むらでこつそりあそばう、
みたまへ、
ここにはつりがね草がくびをふり、
あそこではりんだうの手がしなしなと動いてゐる、
ああわたしはしつかりとお前の乳房を抱きしめる、
お前はお前で力いつぱいに私のからだを押へつける、

さうしてこの人気(ひとけ)のない野原の中で、
わたしたちは蛇のやうなあそびをしよう、
ああ私は私できりきりとお前を可愛がつてやり、
おまへの美しい皮膚の上に、青い草の葉の汁をぬりつけてやる。

ところで、作者に魅入られたほう、すなわち先ほどの「襟しろき」女性は朔太郎の視線に気づいたのでしょうか。見知らぬ通行人の男の存在を認識したのでしょうか。もしそうだったならば、その視線はその女性にどんなものとして感じられたのでしょうか。

❖まだ見ぬ恋人へのあこがれ

めぐりあはむ一人のために明日ありと紅(あか)き木の実のイヤリング買ふ

三国玲子(みくにれいこ)

*——『花前線』（一九六五〈昭和四十〉年）収載。

まごうかたなき純粋さ、未知の一人への理想化と献身をうたいます。「めぐりあはむ一人のために明日あり」、みなさんはどう思われますか。人は一生のあいだに多くの人と出会い、別れ、またかめぐりあう……。異性もそうでしょう。しかし作者にとって、めぐりあう人・異性は、たった一人なのです。

作者は、どこにいるだれかもわからないその一人に明日への希望をつなぐ。これほどまでに強い出会いへのあこがれを表出させた歌はありません。この純粋さひたむきさ、それは現在の生がくっきりとした輪郭をもっていないことを表しているのでしょうか。作者が買うのは「紅き木の実のイヤリング」。耳たぶにあでやかな花を咲かせて、作者はその「一人」に逢いにいけたのでしょうか。

千万年後の恋人へダリヤ剪(き)る　三橋鷹女(みつはしたかじょ)

＊──季語「ダリヤ」で夏。『白骨』（一九五二〈昭和二十七〉年）収載。

ダリアの花には、華やかさと強い個性、図々しいほどの存在感があります。千万年の時間に耐えうる花は、なるほどダリアなのかと納得させられました。鷹女がすなわちダリアなのです。花鋏（はなばさみ）で太い花茎を剪る、その掌（てのひら）の力、鋭い金属音、刃の青白い輝きも伝わってきます。

未来の恋人との出会いの予感と期待とあこがれをこめて、玲子はイヤリングを買い、鷹女はダリアを剪る。ともに目を射、強い個性を放つ赤です。対するあこがれの恋人は無色透明、いかようにも染まる白に思えます。

ダリアは恋人に差しだすものであり、イヤリングはそれを身につけて恋人に会うために粧（よそお）うものです。その恋人の顔かたちは、いっこうに焦点を結びませんが、二人の女性の強烈な自己愛の象徴ともいうべき鮮烈な赤は、遙かな未来に向かって放射されています。

❖その名前を呼ぶだけで

のぶ子　　鈴木章

のぶ子　のぶ子　のぶ子　のぶ子
のぶ子　のぶ子　のぶ子　のぶ子

のぶ子　のぶ子　のぶ子　のぶ子
のぶ子　のぶ子　のぶ子　のぶ子
のぶ子　のぶ子　のぶ子　のぶ子
のぶ子　のぶ子　のぶ子　のぶ子
のぶ子　のぶ子　のぶ子　のぶ子
のぶ子　のぶ子　のぶ子　のぶ子
のぶ子　のぶ子　のぶ子　のぶ子
のぶ子　のぶ子　のぶ子　のぶ子
のぶ子　のぶ子　のぶ子　のぶ子
のぶ子　のぶ子　のぶ子　のぶ子

書けば書くほど、悲しくなる

*——寺山修司『ハイティーン詩集』（一九六八〈昭和四十三〉年）収載。高校生向け受験雑誌の詩の投稿コーナーに寄せられた作品で、選者であった寺山修司がとりあげ、ほかの十代の作品とともに『ハイティーン詩集』としてまとめられました。

この稿を書くにあたって、私はじっさいにこの詩を鉛筆で原稿用紙に書いてみました。作者は、あこがれの女性の名前を延々と書きつらねながら、ひとつの感情の増幅と激しい放出をおこなっています。この字面から放出される感情のエネルギーはたいへんなものです。まさしく情念。無限の律動（寄せては返す波、ではなくひたすら寄せくる波）のことばに置かれた最後の一行、すなわちやっとたどり着いた「書けば書くほど、悲しくなる」が、ぽっかりと暗い口を開けて読み手を待っています。私は、自分自身に向かって小声で話している一行として読みます。それから作者は鉛筆を置きます。その後の空白と沈黙の深さは、作者の哀しみの深さでもあります。

❖課　題――6

あなたにとってのただ一**人**の**人**、その**人**の**名**を、この**詩**のように**書**きつづけてみてください。

書きつづけながら**生**じる、**自分**の**心**の**動**き、**変化**を**意識**してください。そうして、**最後**の一**行**に、あなたの**思**いを**書**いてください。

❖

どこかにいる「あなた」への呼びかけ

求婚の広告　山之口貘

一日もはやく私は結婚したいのです
結婚さへすれば
私は人一倍生きてゐたくなるでせう
かやうに私は面白い男であると私もおもふのです
面白い男と面白く暮したくなつて
私をおつとにしたくなつて
せんちめんたるになつてゐる女はそこらにゐませんか
さつさと来て呉れませんか女よ
見えもしない風を見てゐるかのやうに
どの女があなたであるかは知らないが
あなたを

私は待ち侘(わ)びてゐるのです

＊――一九三八（昭和十三）年刊の第一詩集『思弁の苑』に収載。

この詩を、女性雑誌の広告欄にのせてみましょうか。それとも看板にして街角に立ててみたら、電車の中吊りにしてみたら、インターネットで世界に発信してみたら、どんなレスポンスがあることでしょう。

ここまで、率直に、あけすけに、臆面もなく、ひとつの願望を表現している詩にお目にかかったことはありません。ましてや表明されたその願望が結婚ですから、読み手のほうが気恥ずかしくなってしまいます。

この詩は声に出して読むといいのです。二人で組んで、一人が声に出して読み、もう一人がそれを聞いてみてください。おかしさと気恥ずかしさとがないまぜになって、やがてじいんと心にしみて、最後は自分も少し「せんちめんたる」な不思議な気持ちになることでしょう。

七行目から八行目、「女はそこらにゐませんか」「さつさと来て呉れませんか女よ」と、ぞんざいな口調で呼びかけています。これは女性への挑発ともとれます。「そこらに」は、「どこか」ではないんです。そのへん、なんです。「さつさと」は、ためらわずに。ほかの「女」が私に来ないうちに、早く、というニュアンスをふくんでいます。

この呼びかけに素直に応じて、詩人のもとにお嫁に来てくれる「女」はいるのでしょうか。むしろ、いかにも女性をぞんざいに扱っていることばづかいに、反感を抱いたり、さらには怒りの感情さえ湧く人がいるかもしれません。

ところが、九行目に転機があります。

「見えもしない風を見てゐるかのやうに」、この比喩の美しさにはっとします。そして読者を最終行までいっきに導いてくれます。

この詩は、広告を読む不特定多数の「女」のなかにいる（と、詩人が信じている）たった一人の、まだ見えない風のような「あなた」に呼びかけているのだとわかります。「あなたを／私は待ち侘びてゐるのです」との呼びかけに、「見えもしない風」ってもしかしたら私のことかもしれません、といって詩人のまえに現れる女性がいるのではないかと、本気で思います。

すなわちこの詩の魅力は、不特定多数の「女」の一人として読んでいる読者（観衆としての読者）が、いつのまにか「あなた」（当事者としての読者）になりかわるところにあるのではないでしょうか。それは、読者が「あなた」として詩人から関係づけられることを意味します。

十一行目は「あなたを」だけで、一行が使われています。ここにいたって読者は、この「あなた」が自分自身に向けられた呼称なのではないかと思ってしまいます。だから「求婚の広告」は、広告としてまんまと成功しているのです。

この詩は、子どもにもわかるやさしいことばとわかりやすい表現で書かれています。読み手の心にすっと入ってきます。しかし、こんな平明な、短時間でさっと書きあげられたような詩が、じつは、徹底した推敲の無限のくり返しによって生まれたのです。「磨きぬかれた小石」（山之口泉）のような一篇なのです。

作者は、この作品を書いたあと、一九三七（昭和十二）年秋、小学校の校長先生の娘さん、安田静江と見合いをしました。立会人は金子光晴。もじもじする二人は、光晴から散歩をうながされました。三十分ほどして帰ってきた貘さんは、光晴に「きまりました」と答えました。

「結婚しましょうね」「はい」。それだけだったそうです。ときに、貘さん三十四歳、静江さん三十二歳でした。

※——貘さんを知ったのが、茨木のり子『うたの心に生きた人々』です。茨木さんは、貘さんを「精神の貴族」と定義しました。深い内在的、共感的理解にもとづいた愛情あふれる文章で、この詩人について書かれたもので、これ以上のものを私は知りません。

歌詠みの恋文〈1〉——寺山修司

これから仕事にとりかかるところ。夜、零時。きみはいまどこで遊んでいるだろうか、と思うと気がかりでペンも進まない。

電話なんかしない方がよかったのかもしれない。一緒に遊びにいけたらどんなにいいだろう。もう京都へなんか仕事しにいかせたくない、と思う。一日も早くやめさせたい、と思う。あんまりながい手紙をかく気がしない。

空だけが素敵に晴れている。あすも天気にちがいない。

十一月五日

A子へ

修司

◉——『ムッシュウ・寺山修司』（九条今日子著）収載。寺山修司が女優の九条映子に宛てたラブレターの第二信。東京の寺山から、京都の松竹撮影所にいる九条に届けられました。寺山は自分の近況を彼女へつぎつぎと書いてよこします。同時に、遠く離れているもどかしさと逢いたい思いを伝えます。それがさりげない一行にこめられていて、読み手をはっとさせるのです。そのフレーズは、いわば短歌的です。これらはみな、三十一音の定型にリライトできるのではないでしょうか。

浦田やみっちゃん（九條映子の妹）とトランプしていても何か物足りない。〈第一信〉

きみのところで、寝る前に、レモンに砂糖をかけたのを食べたことをふっと思いだした。あれはおいしかった、と思う。〈第三信〉

紙上でキスを送ります。〈第四信〉

南大門（焼肉店の名前）へはいきましたか？　朝鮮料理食いたい。早く帰っておいで。〈第五信〉

重いものなあに？／海の砂とかなしみ／短いものなあに？／きょうの日とあしたの日／弱いものなあに？／花と若さ／深いものなあに／海と愛　　ロゼッティ

これは中学生の頃好きだった詩です。ふと思いだした。〈第七信〉

あすぼくは床屋にいこう。一日ゆっくり二人きりですごせたらどんなにいいだろう。〈第八信〉

◉——なかなか返事をよこさない恋人に宛てた〈第八信〉は、圧巻です。全文を九條今日子さんの本で読んでみてください。

第三章　恋に一歩踏みだして

❖特別な一日のはじまり

朝です。しかも、いつもとは違う特別な一日のはじまりです。これから紡がれる物語のあれこれに胸ときめかせながら、一人の女性が家の扉を開けて恋人のもとへと向かいます。

朝の階（かい）のぼるとっさに抱（いだ）かれき桃の罐詰（かんづめ）かかえたるまま

川口美根子（かわぐちみねこ）

＊――歌集『空に拡がる』（一九六二〈昭和三十七〉年）収載。

子どものころ、めったに口にできない憧れの食べもの、その筆頭が桃の罐詰でした。罐詰セットは、デパートの贈答品売り場の陳列棚に確かな位置を占めていました。初盆のお参りにいった家の仏壇には、きまって黒のリボンがかけられた果物の罐詰セットが供えられていました。それは此岸に帰ってきた死者をもてなす食べものでした。みかん、パイナップル、蜜豆といっしょに詰められていた桃（白桃）の罐詰は特別のオーラを放っていました。みかんにもパイナップルにもない贅沢さとなまめかしさが桃にはありました。ルノワールが描いた女性のような。

この短歌が収載された歌集『空に拡がる』が発表されたのが、一九六二年であることを知ったとたん、こんな思い出が私のなかによみがえりました。

一九六二年は、高度経済成長による生産と消費の急激な拡大、農村人口の都市への流入と一千万都市東京の誕生、日本社会が大きな変貌を遂げつつあるときです。

女性が恋人のアパートに桃の罐詰をたずさえて訪れる場面設定は、激しく変化しつつある都市に住む若い人びとの暮らしの一こまであり、時代状況を鮮やかに象徴しています。（若い恋人が、二人の特別な日に、ちょっとおしゃれなレストランに行く時代はもう少しあとです。）この歌は、都市生活者、とりわけ同時代を生きる若い人びとに共感をもって受けいれられたことでしょう。

この歌から、こんな物語を想像しました。

日曜の朝、彼女は恋人のアパートへ向かいます。紙袋に包んだ桃の罐詰をたずさえて。人通りは少なく、恋人の住むアパートはまだひっそりとして、人の出入りはありません。

彼女はアパートの階段を登ります。

さっきから恋人は彼女の来訪を待ちかねて、気もそぞろです。玄関のドアを開けて待っています。トントントン……階段をのぼる軽やかな音がしました。彼女だ！

彼女が階段をのぼりきったところに彼が立っています。おはよう、と声をかける間もなく、彼女はいきなり恋人からの抱擁を受けます。

驚きと恥じらいと喜びとがないまぜになりながら、罐詰もろとも彼女は恋人の腕に抱きすくめられています。そんな二人を、朝の陽光とさわやかな風が祝福しています。

恋人の突然の抱擁で始まったこの日は、二人にとってどんな一日になったのでしょうか。

※――この稿の作成にあたっては、奥山和弘「朝の階段で私を抱いたのは、だれ？　叙述にそくして読むということ」（『ひと』九五年十一月号〈小社刊〉収載）に学びました。

❖恋のきっかけ

ここで、川柳（せんりゅう）をとりあげます。江戸時代に生まれた川柳は、俳句と同じ五七五、十七音からなる定型詩。しかし、季語や切れ字といった約束事がなく、基本的に口語で詠(よ)まれます。庶民の生活を描いたり、社会や政治をユーモアをまじえながら風刺する内容が特徴となっています。

恋の川柳には、どんなものがあるでしょうか。情熱的な作風から「川柳界の与謝野晶子」とよばれた時実新子(ときざねしんこ)の句を読んでみましょう。

手が好きでやがてすべてが好きになる　時実新子

＊――『有夫恋』（一九八七〈昭和六十二〉年）収載。

その人のからだで、作者が最初に好きになったのが、手。「好き」という感情を導いた手は、どんな手でしょうか。

やわらかな手、節くれだった手……。握る、触る、に始まり、限りない動きと働きをもつ手。その人の手をはじめて握ったときの作者の思いを想像しましょう。私には、そのときに作者が感じとった温感や皮膚感覚の記憶が聞こえてきます。

「やがて」（ほどなく。時間をおかずに）が利いています。このことばに、短いけれども二人が共有する時間の密度の濃さ、その粘りを感じとります。手は、からだを全体へと開く扉なのです。

あなたは、どんな手に惹かれますか。

さて、この句から私が思い浮かべたのは、写楽が描いた役者絵の数かずです。

まずは、「初世市川男女蔵の奴一平」と「三世大谷鬼次の奴江戸兵衛」。悪党一味（その一人が江戸兵衛）と一平との闘いの場面です。

怒りに震える形相で、相手をにらみつける一平。親指を鍔元に当て人差し指を鍔にかけて刀を抜く手は、意外にもふっくらとしています。長く伸ばした人差し指には色気さえ漂っています。

対する江戸兵衛。一平に挑みかかろうとする瞬間を写楽は描いています。それは猫が喧嘩するときの、野生丸出しの姿そのものです。一平を鋭くにらみつける目は挑発的、挑戦的です。そして懐からつき出た両手が、ぱっと開いた花火のよう。十本の指がみな生き生きと伸びきって、場面の緊張感を手にとるように伝えています。江戸兵衛の手も、とても悪党の手とは思えない白くて繊細な手です。

「二世瀬川富三郎の大岸蔵人妻やどり木」。ずり落ちそうになっている衣を持ちあげている右手。とりわけちょっとかしげた小指が、えも言われぬ色気を放っています。

「三世佐野川市松の祇園町の白人おなよ」。半開きの扇を持つ両手の様が素敵です。扇の骨に絡まる十本の指がなまめかしい。ここでも左手小指の動きに独特の存在感があります。

ほかにも、「四世松本幸四郎の山谷の肴屋五郎兵衛」、「市川鰕蔵の竹村定之進」など、いずれも表情豊かな手が描かれています。

ここで写楽が描く手は、雄弁にかつ繊細に、人物の感情や思いをことば以上に表現し、伝えています。時実さんのこの句からみえてきたのは、そんな手がもつ表現と伝達の豊かな機能でした。


同じく『有夫恋』より。

心読む目でまっすぐにみつめられ
爪を切る時にも思う人のあり

腕の中　一本の花になりきる
かなしみは遠く遠くに桃をむく
紅（べに）引くと生きてゆく気がする不思議

❖**課題**——7

あなたにとって、**人**を**好**きになるきっかけや、**気**になるからだの**部分**はどこですか。その**部分**について、**五七五**で**詠**んでみませんか。

【生徒作品……課題7】

ほんとうは瞳の中に入りたい

［洋子さん］

笑窪(えくぼ)さえいつしかグリコのおまけなり　［和子さん］

そうなんだこんなに小さな足なんだ　［茂さん］

雪降れば君の襟足白くなる　［隆さん・50代］

隣の君ぶつかるひじに熱くなる　［美咲さん・20代］

どこへ向くこころを奪うあなたの目　［拓也さん・20代］

❖二人の距離が縮まるとき

きのうまでは友だちどうしだった二人。恋が生まれる瞬間は、ある日とつぜん訪れます。

呼び名

新川和江（しんかわかずえ）

「――ちゃん」って
あなたは　ふいに
幼いときの呼び名で　わたしを呼びました
花の包みがほどけたように
びっくりして
わたしはあなたを見つめました

あなたのまなざしの奥に
わたしの子どもの日の
あたたかい日溜（ひだま）りがありました
縁がわのガラス戸越しに見あげた
青い空や
「ふるさとまとめて　花いちもんめ……」
遠くのうた声が

あなたを
生まれる前から知っているひとのように
なつかしく思いはじめたのは
そのときからです
おかあさんと従兄(いとこ)たちしか
呼ばない呼び名で
あなたがわたしを呼んだとき――

＊――『新川和江文庫五　青春詩篇／幼年少年詩篇』（一九八九〈平成元〉年）収載。

こんなことがありました。

ある日、高校の同窓会があるというので、妻はいそいそと出かけてゆきました。いつになく弾んだ心で精いっぱいのおしゃれをして。ひさしぶりの再会で、ずいぶん話が弾んでいるようです。なかなか帰ってきません。

夜も更けて、やっと帰ってきたようです。玄関に車が横づけになりました。同窓生が、妻を一時間もかけて送ってくれたのです。

助手席のドアが開いて、妻の足が地面に着いたときに、車のなかから男女の声。

「じゃあね。またこんど逢おうね。マキちゃん、おやすみ！」

「◯くん、●ちゃん。△くん、▲ちゃん、ありがとう。またね」と妻の返事。

「マキちゃん」の呼び名に応えている妻。私はなんだか、妻の大切なことをずっと知らされずにいたような気がしました。そして、私が一度も呼んだことのない「マキちゃん」を占有している同窓生に、軽い嫉妬を覚えたのです。なぜならそれは、少年少女時代をともにしてきたものだけが許される彼女への呼び名なのですから。

二十八年間の「マコトさん」と「マキコ」の関係、そして途中から加わった二十一年間の「お父さん」と「お母さん」の関係を、ほんの少しだけずらしてみようか。妻の同級生が呼んだように、私も思い切って「マキちゃん」と呼んでみようか。そのとき、はたして「花の包み」はほどけるだろうか……。

❖その人の名を告げる

恋するその人の名を、あなたはだれに告げますか。

春の夜のともしび消してねむるときひとりの名をば母に告げたり

土岐善磨

＊――『遠隣集』（一九五一〈昭和二十六〉年）の「世代回顧」二十九首のなかの一首。

『遠隣集』刊行は、作者六十六歳のとき。作者は還暦を過ぎてこの歌をつくりました。いまもわが心に鮮烈に息づく青春の記憶です。

作者は東京・浅草の生まれ。早稲田大学を卒業し、新聞社に入社した翌年に結婚していますから、学生時代を詠んだ歌でしょう。

こんな物語を想像しました。

一人の女性との出会いが、やがて恋愛へと進み、作者は彼女を人生の伴侶として迎えることを決意しました。将来を約束した女性がいることを両親に伝えたい。しかし、まだ学生の身、話していいものかどうか、ずっと思いあぐねています。

やっと決心がつきました。まず打ち明けるのは母親です。作者に惜しみなく愛情を注いでくれているかけがえのない存在です。

「お母さん、じつは、好きな人がいるんです……」

おずおずと息子が母親に打ち明けました。照れもあって昼間は面と向かって言えなかったこのこと。床につくために部屋の明かりを消したとき、口をついて出たのです。「告げたり」。「たり」は完了の助動詞。「告げた。告げてしまった」——作者の決心の表れです。もう後戻りはできません。このときに、母と子の関係が組みかわったのです。

母親は、息子から告げられた「ひとりの名」に、驚きとうれしさと寂しさとを同時に感じたことでしょう。すべてを知っているはずのわが子の未知の部分を知らされたのですから。しかも、いちばん大事なことが自分の知らないうちに進行していた。息子には大切な女性がいる。そう、子どもはこうして自分から遠ざかっていくのだ。それをわかりながらも、彼女は寂しさに絡めとられています。

母は母の、子は子の思いが交錯する春の夜。深まる闇が二人をやさしく包んでいます。

❖激情の行き先

あの人に逢いたい、でも逢えない。恋慕の情は増すばかり。押さえがたいほどの激情に苦悩する作者です。こんなとき、あなたならどうしますか。

林檎の木ゆさぶりやまず逢いたきとき

寺山修司

＊――作者十五歳の作。『花粉航海』（一九七五〈昭和五十〉年）収載。季語「林檎」で秋。

体内からマグマのごとく突きあげてくる情念、逢いたい衝動のままに作者は林檎の木を揺さぶります。ひとことで情念といっても、あこがれ、いらだち、焦り、不安、期待、法悦……さまざまな感情の姿をとって表出される心的エネルギーです。それを身体の動作への転化によって昇華しようと必死になっている作者です。

「ゆさぶり」＋「やまず」ですから、揺さぶる行為が止まりません。作者は燃えさかる情念のままに、林檎の木を延々と揺さぶりつづけます。激しく揺れる木の幹と枝、散っていく葉、実はなっているのでしょうか。私の耳にはゴルフボールほどの青い実がばらばらと落ちる音が聞こえてきます。同時に、渾身の力で揺さぶっている作者のうめき声も。

この句は少年の鬱屈した情念を、率直に表現しています。ひとつまちがえば、暴力すら選択しかねない激情の放出です。この句が広く愛されるゆえんは、こんな生臭い野生の感情にあるのではないのでしょうか。中学生・高校生も言うでしょう、「うん、この気持ち、わかる」と。詩人の激情の放出を、わが身をたわませよじらせながら受けとめられるのは、林檎の木しかありません。

激情に駆られたとき、人はさまざまな表出のしかたをします。たとえば啄木は、こんな歌を詠みました。

怒る時
かならずひとつ鉢を割り
九百九十九割りて死なまし

＊――『一握の砂』収載。

彼の哀しい願望を託した想像（死なまし――死にたいものだ）が表現されて、私には忘れられない歌のひとつです。修司も啄木も表出のしかたこそ違え、情念の深さ、激しさに共通するものを感じます。それは東北という風土がはぐくんだものなのでしょうか。

❖一刻の猶予も許されぬ問い

たとへば君　ガサッと落葉すくふやうに
私をさらつて行つてはくれぬか　河野裕子

＊――歌集『森のやうに獣のやうに』（一九七二〈昭和四十七〉年）収載。

これは私の青春の証である。他にも生き方があったのではなく、このようにしか私には生きられなかったのである。悔いだらけの青春ではあるけれども、もういちど生まれて来ても、今日まで生きて来たのと同じ青春を選び取ろう。

（『森のやうに獣のやうに』あとがきより）

歌集『森のやうに獣のやうに』を私は、自分に正直にひたむきに生きた一人の女性の青春の記録として読みました。作者の体温の高さと、標準のピッチよりも半音高く調弦された楽器が奏でる歌は、読み手の体温をも上げるのです。

この歌集の歌たちにないものがあります。それは逡巡です。ここに収められた歌はみな、読み手に向かって一片の迷いもなくストレートに投げられる速球です。その球を受けた掌は、グラブをはめていてもじいんとしびれ、やがて火照るのです。その筆頭に挙げられる歌が〈たとへば君〉なのです。

私を拉致せよと、作者は「君」に迫ります。匕首のようなそのことばは、青白く光る刃を相手の喉元に突きつけています。

この歌は、作者のあまたの歌のなかでも多くの人の共感を呼ぶ絶唱です。中学校二年生の国語教科書にもとられ、教室の読者たちにも人気の高い歌です。教科書の短歌の単元に並べられた十首ほどの歌のなかでも、ひときわ高い調子で熱いオーラを発しています。

中学生の短歌学習は、正岡子規に始まり、与謝野晶子、若山牧水、島木赤彦、斎藤茂吉と続き、河野裕子のこの歌から俵万智までの近現代の短歌史を、わずか三時間で飛び石づたいに川を渡っていくような学習です。ことばの意味と働きとを確かめ、歌の情景とそこにこめられた心情、それに歌の背景などをさっと触れるだけの授業を余儀なくされるなかにあって私は、これだけは時間をかけて教室の仲間と読みあいたいと生徒が願う歌を、一首だけとりあげていました。一つひとつのことばに立ちどまりながらていねいに読み、そこで紡がれた生徒のことばを教室という公共圏へ解き放ち、歌の理解から鑑賞、批評そして創作へと発展してゆく学習をおこなっていました。この歌は、このような学習で作品世界に浸りたいという希望が生徒からもっとも多く出された歌でした。

◇たとへば君

いきなり話を切りだします。「君」のあとの一字分の空白は、「たとへば君」と語りはじめたあとの一瞬の沈黙の時間です。作者の息を吸う音が聞こえてきます。息を溜めた作者は、それから一気に二句から結句までを「君」に投げつけます。ことばが鉄砲水のように吹きだします。

◇ガサッと落葉

「ガサッと」、無造作に、すばやく。カタカナ書きが乾いた音を立てています。枝を離れ地に落ちた葉が、秋の陽を浴びて乾き、限りなく軽くなっていきます。落葉であることの値打ちしかなく、ほかはなんにもない。そのようにあるいまの私なのです。それはどんな事情あってのことなのでしょうか。

◇すくふやうに

水をすくうように両手を合わせ、その掌の上に落葉の「わたし」を載せるのです。彼女を両腕に抱えあげて連れ去っていくイメージ。それは、彼女の存在を無条件にまるごと受けとめることです。

◇私をさらつて行つてはくれぬか

行ってくれないだろうか、と懇願しています。なぜでしょうか。「さらう」は「(油断につけこんで)横合いなどから急に奪う」(新明解)ことです。一刻の猶予もありません。もうこれ以上待てない。あなたが私をそうしてくれないことには、きょうの一日すら私は持たない、という切迫感の表明です。

彼女のこのメッセージを受けとめる(ひき受ける)ことができるのは「君」しかいない。その気持ちが「たとえば君」に現れています。「君」は、私をひき受けることができると信ずるがゆえにこう呼びかけた。「君」はどんな姿でこれに応えようとするのでしょうか。私はその「君」の姿に思いを馳せます。

歌はそれだけで読まれ完結する。一首単独で、読者によってさまざまに読まれる。——

これが一般的な歌の読まれ方です。アンソロジーや教科書にあってはそうです。

ところが、一冊の歌集をまるごと読む場合は、そこに収められた歌全部との関係において読むことができます。とりわけ、その歌の前後に置かれた歌たちとの関係において読むことになります（石川啄木の前掲歌がそうでした）。これが、ときとしてアンソロジーでは得られない読みをいざないます。その星の、その輝きだけを見るのではなく、夜空のひとつの星座のなかに置かれた星のひとつとして、ほかの星たちとの輝きの交響において読むことになります。たとえば、さそり座のシャウラとして、あるいはオリオン座のベテルギウスとして。

つぎが、この歌のまえに置かれた三首です。

陽（ひ）にすかし葉脈くらきを見つめをり二人のひとを愛してしまへり
われよりも優しき少女に逢ひ給（たま）へと狂ほしく身を闇に折りたり
あふれつつ四国の海の鳴る夜を汝（な）が追憶は断たねばならぬ

続けて読むとき、「私をさらって行ってはくれぬか」の七七が、自分の気持ちに正直であるがゆえに、生木を裂かれるような苦しみに喘いでいる作者の悲鳴と「君」への「私を助けて」という「君」に向けられた悲痛な叫びとして聞こえないでしょうか。この歌をひとつの星として読むときとは、はるかに深刻な旋律が聞こえてきます。

同じ歌集からいくつかを紹介します。

逆立ちしておまへがおれを眺めてた　たつた一度きりのあの夏のこと

石打つごとく君を打ちつつわれのみが血まみれになり夢よりさめぬ

炎ゆる髪なびかせ万緑に駈けゆきし青春まぎれなくま裸なりき

寝ぐせつきしあなたの髪を風が吹くいちめんにあかるい街をゆくとき

夕闇の桜花の記憶と重なりてはじめて聴きし君が血のおと

森のやうに獣のやうにわれは生く群青の空耳研ぐばかり

作者は、歌に詠んだ「君」とやがて結婚をします。夫、永田和宏の歌を紹介します。

きみに逢う以前のぼくに遭いたくて海へのバスに揺られていたり
きまぐれに抱きあげてみる　きみに棲む炎の重さを測るかたちに

*――歌集『メビウスの地平』（一九七五〈昭和五十〉年）収載。

ひとり都会で暮らす娘の二十一歳の誕生日に、私は河野裕子の歌集を贈りました。自分の生をひき受けるとはどういうことか。そのひとつの姿をこの歌集に見てほしい。一度きりの青春の日々をていねいにたしかに生きてほしい。日々の出来事や自分の喜怒哀楽をことばに滕ることが、生きることとそのものである。そんな人のありように思いを馳せてほしい。自分にとってほんとうに大切なものをひたむきに愚直に求めつづけてほしい、という父親からの願いをこめて。

※――河野裕子に応答するという課題で、〈たとえば君〉の歌のなかの「君」になりかわって詠んだ中学二年生の男子生徒の歌です。

秋の夜に君がほしさにたえきれず家を飛び出す君をさらいに
君さらう僕にその勇気足りなくて君は僕から立ち去っていった
そうしたら君はくだけてこわれるよ大事にすくおうこわれぬように

こんなやさしい男子中学生たちに、冥界の作者はほほえんでくれるでしょうか。

❖沈黙を育てる

形なきものを分け合ひ二人ゐるこの沈黙を育てゆくべし

小島(こじま)ゆかり

＊――歌集『水陽炎』（一九八七〈昭和六十二〉年）収載。

「恋人どうしがいっしょにいて少しも飽きないのは、ずっと自分のことばかり話しているからである」（『ラ・ロシュフコー箴言集』二宮フサ訳）とは、フランスの思想家ラ・ロシュフコー（一六一三年—一六八〇年）のことばです。恋愛において、人は情熱的になればなるほど他者感覚を喪失していくという逆説的現象がしばしば生じます。そこでは届ける相手を見失った恋のことばは、喪失した他者の存在を埋めあわせるかのように限りなくモノローグへと傾斜していきます。当事者さえも気づかぬうちに。

人は不安であればあるほど饒舌になります。相手と向かいあったときに、何かしゃべっていないと落ち着かない。あなたも、異性との会話のとぎれで生じる沈黙を埋めようと躍起になったことはありませんか。二十代の私は、そんな沈黙をタバコで紛らせました。女性と会話するとき、きまって左掌にショートホープを握っていました。

二人が共有する沈黙を味わえるまでの関係を育てるには、ていねいに過ごす時間が必要です。それは二人の協同の作品ともなります。そこには豊かなダイアローグのことばがあります。これが、「形なきものを分け合ひ二人ゐるこの沈黙」を準備するのです。このとき、二人は「沈黙」において対話している、といえるのではないでしょうか。二人が分けあう「形なきもの」は、沈黙によってあがなわれます。

「形なきもの」、それをひと言で愛と言ってしまうのを作者はよしました。それは、愛にとどまらない深くて広い感情を包含しているのです。それを分けあうこと。そこには、相互理解の大切さは言うにおよばず、むしろたがいに和解しあうこと、そのありようが、何にもまして大切なように思います。

「育てゆくべし」。「べし」——「…するつもりだ、…しなければならない、という自分の意志や決意を表したり、相手の意志・意向をたずねる」(例解古語辞典)

育てていきましょうと、自分にも、パートナーにも呼びかけています。助動詞「べし」が未来に向かって放たれ、未来へ向かって決意し宣言する作者の気概を伝えて、われわれ読み手を励ましてくれます。希望を紡ぐ助動詞「べし」なのです。

❖ファーストキスの思い出

接吻(せっぷん)を知りそめし唇(くち)林檎食(は)む　檜紀代(ひのききよ)

＊——未発表句。季語「林檎」で秋。

接吻をはじめて知ったのは、「唇」。「私」ではなくて。唇が、あたかも私というからだから独立した、意志あるものとしてふるまっています。
作者は林檎をどのように食べているのでしょうか。私はこんな想像をします。両手で包むように持ったちょっと小ぶりの林檎にそっと歯を当てて、ひとり静かに食べています。はじめてのキスの余韻に浸りながら。そうして、そのかりっとした歯ごたえ、甘酸っぱい果汁、さわやかな香り、あふれる清浄感をわが身に静かにとり込んでいます。
「林檎」ということばが出たとたん、藤村をはじめとする詩人・歌人・俳人たちの作品が、読み手のうちに呼びおこされます。その詩歌たちが木霊（こだま）のように響きあって、この俳句に重層的な意味を与えます。

同じく接吻を詠んだ歌をひとつ。

一度にわれを咲かせるようにくちづけるベンチに厚き本を落として
梅内美華子（うめないみかこ）

＊――『横断歩道（ゼブラ・ゾーン）』（一九九四〈平成六〉年）収載。

❖ 課　題——8

あなたの、あの日、あのとき、あの場所での、あの人とのキスの思い出を詠んでみませんか。

【生徒作品……課題8】

じゃんけんで負けたふりしてキスされたブランコきしむ夜の公園

［洋子さん］

潮騒（しおさい）がささやくようにキスをされ　［同］

初キスの口でむさぼるナポリタン　［和子さん］

恋の花ひとつ手折（たお）りしこの夜にビリー・ホリディけだるく歌う　［恵子さん・50代］

くちづけて瞳とじれば風もやみ音も聞こえぬ世界もとまる　［茂さん］

やりました　母さん　僕はやりました　［誠さん］

◉――それぞれの詠みぶりに、現在のその人が、初キスをどのようなものとしてとらえているのかが伝わってきます。その経験の意味づけの多様性がおもしろい。

第四章

恋のまっただなかで

I

❖静謐（せいひつ）のなかに浮かべる世界

湖上（こじょう）　中原中也（なかはらちゅうや）

ポッカリ月が出ましたら、
舟を浮べて出掛けませう。
波はヒタヒタ打つでせう、
風も少しはあるでせう。

沖に出たらば暗いでせう、
櫂（かい）から滴垂（したた）る水の音は
昵懇（ちか）しいものに聞こえませう、
――あなたの言葉の杜切（とぎ）れ間（ま）を。

月は聴き耳立てるでせう、
すこしは降りても来るでせう、
われら接唇（くちづけ）する時に
月は頭上にあるでせう。

あなたはなほも、語るでせう、
よしないことや拗言（すねごと）や、
洩（も）らさず私は聴くでせう、
——けれど漕（こ）ぐ手はやめないで。

ポッカリ月が出ましたら、
舟を浮べて出掛けませう。
波はヒタヒタ打つでせう、
風も少しはあるでせう。

*——『在りし日の歌』（一九三八〈昭和十三〉年）収載。

幻想的で美しい情景です。口誦性に富むこの詩は、読者によって声に出して読まれることを欲しています。くり返し口ずさむことが、この詩の世界に参入するいちばん確かな方法です。何が聞こえますか。何が見えますか。何が語られていますか。——読者はいつしか作者になって、恋人「あなた」と舟に乗り、櫂をとっているでしょう。

しかし、恋のまっただなかの陶酔境をうたいながら、なぜか幸福の響きは聞こえてきません。あるのは詩人の透明で静謐な心です。

くり返される文末の「せう」。まるでヒタヒタと打つ波のようです。「出掛けませう」の「う」は誘いかけの助動詞。ほかの「う」はみな想像の助動詞です。ですから「湖上」でうたわれた世界を、作者はまだ手に入れていません。手に入れたいと冀っている「あなた」であり世界なのです。

「あなた」の語り（それは限りなくモノローグに近い）に、じっと耳を傾けている「私」。それは、聞くことにおいて私は「あなた」の当事者たらんとしています。

しかし、同時にこうも思います。自分の語りに耳を傾けてくれる他者を求めているのは作者自身なのではないかと。

このとき詩人は、疾風怒濤の三十年を生きていました。そんな生のただなかにあって作者は、真に精神的な男女のつながりと、それがもたらす静けさと安らぎに満たされた時間を希求していたのではないでしょうか。

詩「時こそ今は……」（『山羊の歌』〈一九三四年・昭和九年〉収載）で、作者は恋人の実名を挙げてこう呼びかけました。

「いかに泰子、いまこそは／しづかに一緒に、をりませう。／遠くの空を、飛ぶ鳥も／いたいけな情け、みちてます。」

詩「湖上」との時を超えた交響。


中原中也体験、あなたにもありませんか。

中学二年生の国語教科書にとられていた二篇の詩が、私がはじめてほんものの詩に触れた記憶です。ひとつが三好達治の「大阿蘇(おおあそ)」。もうひとつが中也の「月夜の浜辺」でした。表現された世界が対照的なこの二篇は、学校教育をとおして私のみならず多くの人にとっての〈詩〉、とりわけ口語自由詩の原体験になっています。

当時の私は、中也がよくわかりませんでした。国語の先生の熱心な解説にもかかわらず、十三歳の私には、この詩は腑に落ちなかった。月夜の浜辺でボタンを拾った。ただそれだけのことがどうして詩になるのだろう。ふつうの人は見向きもしないつまらないものに感動する中原中也は、不思議な人だと。

つぎの中也体験は高校一年生でした。現代国語の教科書にのっていたのは「北の海」。この詩の、暗さを超えた夢も希望もない、というよりはそれらを拒絶するような陰惨な世界に、不思議な魅力を感じました。この詩は、詩人の心の姿そのものなのではないかと。

大学の同じサークルだった友人Hはたいへんな読書家で、フランスと日本の詩に精通していました。彼は、自分のお気に入りの詩をしばしば私のまえで口ずさみました。授業のあいま、生協喫茶部でコーヒーを飲み、たばこを吸いながら、詩の暗唱とその後の詩人論を聞かされたものでした。ランボー（金子光晴の訳）、ボードレール（堀口大學の訳）、マラルメ（鈴木信太郎の訳）、黒田三郎……みな、Hが私に媒介してくれました。

コーヒーをすすりながらの話が中也におよんだとき、彼は「こんな詩がある。『在りし日の歌』にある」と言って、「湖上」を口ずさんだのでした。

先の二篇とはまったく異なった世界が、私の脳裏に鮮やかな姿を現出させました。それから中也が訳したランボーの話になっていったのでした。いったい中也って、何者なんだろう。

彼と別れたあと、私はすぐさま生協書籍部に飛び込んで、『中原中也全集』（角川書店）を立ち読みし（十八歳の学生の財布ではとても手が届きません）、それから文庫で出ている中也詩集を買いました。

「月夜の浜辺」を『在りし日の歌』のなかに見つけたとき、なつかしい人に再会したような弾んだ気持ちになりました。しかし、この詩のつぎに置かれた詩に驚きました。「また来ん春……」です。愛児を失った詩人の慟哭に触れて私はやっと「月夜の浜辺」がわかったのです。そうだったのか、と。「月夜の晩に、拾つたボタンは／どうしてそれが、捨てられようか？」との詩人の問いかけを、やっと理解できました。こんな事情があることも知らず、不思議な人あつかいした中也にすまない気になりました。

私が、Hの口誦によって「湖上」に出会えたのは、幸福でした。文字だけの出会いだったら、これほど強烈な印象をもてたかどうか。そして「湖上」をはさんで置かれた詩が、「老いたる者をして――『空しき秋』第十二」と「冬の夜」。この二篇の詩は、「湖上」をメルヘンの世界としてのみ受けとめることを、私に躊躇させます。

※――一九二三（大正十二）年、山口県立山口中学に入学したにもかかわらず落第した中也は、故郷を離れて京都の立命館中学第三学年に転入学。京の地で出逢った二十歳の女性（劇団表現座の女優で広島出身の長谷川泰子）と十七歳で同棲。二人が生活していた町屋は、現在でも当時の姿のまま上京区中筋通今出川下ル大宮町にあります。この家は、夕方になると学生たちでごったがえすN食堂のはす向かいにあり、京都で町屋の間借りぐらしをしていた私たち地方出身の学生に近しい存在としてありました。

❖逢ひ見ての後の心をめぐって

ここで時代をぐっとさかのぼり、平安の歌人の物思いに寄り添うことにしましょう。

逢ひ見ての後(のち)の心にくらぶれば昔は物を思はざりけり

権中納言敦忠(ごんちゅうなごんあつただ)（藤原敦忠(ふじわらのあつただ)）

【通釈】愛情を交わした後の思慕の情の切実さを比較してみれば、逢瀬以前の心情は、物思いとは言えないほど、取るに足らないものであった。

*――通釈は、『拾遺和歌集　新日本古典文学大系』（岩波書店）より。

**――三番目の勅撰和歌集『拾遺和歌集』（平安時代に成立）収載。ただし岩波書店の『新日本古典文学大系』では「昔は物も」となっています。

***――「初めて女のもとにまかりて、またの朝(あした)につかはしける」（『拾遺抄』での詞書(ことばがき)）から、はじめてともに一夜を過ごした女性のもとに贈った後朝(きぬぎぬ)の歌と、ここではと

らえます。

①「きぬぎぬ」。脱いだ衣を重ねて共寝をした翌朝、めいめいの着物を身につけ、別れること。また、その朝。（岩波古語辞典）

②「あひみる」。男と女が逢う。契り（ちぎ）を結ぶ。「あふ」も「みる」も、ともに男女の交りを意味する（平安時代、成人の女が男に顔を見せるのは特別な場合であった）。（岩波古語辞典）

百人一首にとられている絶唱。思い焦がれる女性との恋をやっと成就させることができた作者です。思いが叶い、はじめて彼女と契りを結ぶことができました。ところが、彼女のもとから帰ってきたいま、恋心はますます激しく燃えあがっています。逢えたことに満足し、その喜びに浸っているどころか、また逢いたいという思いを一途に募らせています。それは狂おしいほどで、むしろ苦悩とすらよべるでしょう。

私は「昔は」に惹かれます。一夜を境に、きのうが「昔」になる時間感覚。※恋いこがれた女性との昨夜の契りは、作者にとっての歴史的事件だったのです。きのうときょうとでは、私の内なる時間の質がぜんぜん変わってしまった。十世紀前半を生きた青年が恋人に告白します。「僕はまるでちがってしまったのだ※※」と。

そして彼の女性へのひたむきな思いとその率直な愛情表現は、一千百年以上も多くの人びとから愛されてきましたし、これからも愛されつづけることでしょう。

※──巨大な歴史的事件がこのような時間感覚をもたらします。日本近代史上の事件をひとつ挙げれば、一九四一年十二月八日。日本軍のハワイ真珠湾攻撃による太平洋戦争への突入です。詩人・高村光太郎は、この歴史的瞬間を「昨日は遠い昔となり、／遠い昔が今となつた」と記しています（詩「暗愚小伝」中「真珠湾の日」の一節）。

※※──「僕はまるでちがってしまったのだ／なるほど僕は昨日と同じネクタイをして／昨日と同じように貧乏で／昨日と同じように何にも取柄がない／それでも僕はまるでちがってしまったのだ」（黒田三郎「僕はまるでちがって」より。詩集『ひとりの女に』収載）。恋のまっただなかにおいて、戦後最高の恋愛詩集と評価される、詩集『ひとりの女に』を表した詩人と、平安の青年歌人の体温は同じです。

❖課　題――9

敦忠の詩情を、現代のあなたが変奏しましょう。「逢ひ見ての」を初句に置いて短歌を詠みましょう。

逢ひ見ての

【生徒作品……課題9】

逢ひ見ての後の心をひきずって秋の河原で石投げている

［隆さん］

逢ひ見ての後の心に君居ればすぐに取り出す携帯電話 ［和子さん］

逢ひ見ての後の心のふしぎさよふつうのバラがバラを主張す ［茂さん］

◉――心の不思議さに思いを馳せる作者。北原白秋の「薔薇二曲」を連想します。「薔薇ノ木ニ／薔薇ノ花サク。／ナニゴトノ不思議ナケレド。」（『白金之独楽』〈一九一四・大正三年〉）

逢ひ見ての後の姿にくらぶれば昔は影を追いかけていた ［洋子さん］

◉――それぞれの詠みぶりに、現在のその人が「逢ひ見る」ことをどのようにとらえているのか。これもまた、それぞれの経験が呼び寄せた意味の多様性がおもしろい。

【補記】

高校一年のとき。古典を教えていただいたのはY先生。古典漢文の深い教養を身につけた教師でした。漢詩の授業で、その最後におかれたのは先生みずからの吟詠（ぎんえい）でした。校舎じゅうに響きわたる朗朗たる声に、生徒は聴きひたっていました。作品にかんする逸話をまじえた巧みな講義に、Y先生の古典は生徒にもっとも人気のある授業となっていました。

和歌の授業の一こまです。教科書には、この歌をふくめて二十首ほどが載っていました。先生は一つひとつの歌について、持ち前のウィットに富んだ解説と朗詠とで授業を進めていました。ところが、この歌に至ったとたんに先生のなごやかな表情ががらっと変わりました。笑顔が消え、なにやらむずかしい顔になりました。そうして、こんなことをつぶやきました。

「どうしてこんな歌がのってるんだ。(教科書に)こんなのをのせていいのかなあ……」

私も同級生も、先生のつぶやきの意味がわかりませんでした。ただ、先生の表情の突然の変化に生徒はみな、はっとしました。「この歌に、なにがあったの?」

黒板のまえに立ったまま、先生はしばらく考えていました。沈黙した生徒の視線は先生の口もとに集まり、つぎに発せられることばを待っています。はりつめた空気が支配する教室。そのなかで私たちは、十五歳の高校生が知らない世界、先生は知っているけれど、それを生徒には面と向かって言えない王朝貴族の世界の一面、すなわち男女間の密やかな世界がこの歌に詠まれていることを感じとったのです。

「よし」。踏んぎりをつけた先生の解説は、ごくあっさりとしたものでした。

「あなたと契りを結んだあとのいまの私の気持ちに比べたら……」。それだけ言うと、さっさとつぎの和歌に移っていきました。

授業が終わり、先生が教室を去ったあと、私たちは調べだしたのでした。先生のつぶやき（といっても、教室の全員に聞こえるような声でのモノローグ）と、この歌にたいする不自然なほどの素っ気ない扱いに、高校一年生は探求心をそそられたのでした。一種の怖いもの見たさ、でしょうか。

「『あひみる』って、『あう』は、meet のことか？　『みる』は look か？　いや、この場合は see じゃないか？」

「『契りを結ぶ』って、なんのこと？」

「『ちぎり』、『約束・契約』って古語辞典にはあるぞ。promise のことじゃないか」

「おい、『男女が情をかわす』って辞典にあるぞ」

やがて「男女が共寝すること」という辞典の記述にたどり着いたとき（いくら鈍感な私でも、これがたんなる sleep ではないことは察しました）、ぼくらは、それが男女の行為を表した、教室においては禁忌のことばであることを「発見」しました。

もう四十年もまえのエピソードですが、これがいまも鮮明に私の記憶に刻まれていることを思うにつけ、Y先生の授業技術の高さ、むしろ老獪さに感心させられます。先生は、教えなかった。しかし、生徒がみずから探求するように導いたのです。授業のあとの休み時間までも、先生は授業として構成したのです。こんなやりかたで、ぼくらを王朝和歌の濃艶な世界の入り口に立たせてくれました。そしていま、わかります。生徒に聞こえるつぶやきも、周到な計算のもとになされた演技だったのだと。そうしてほんとうは、敦忠の絶唱を先生は大好きだったのではないかと。

❖白秋の詠んだ永遠の「君」

朝、それは一日のはじまりであり、同時に昨夜の終わりでもあります。二十世紀の初頭を飾る後朝（きぬぎぬ）の歌は、遠ざかりゆく恋人のうしろ姿に呼びかけます。

君かへす朝の舗石（しきいし）さくさくと雪よ林檎の香（か）のごとくふれ　北原白秋

＊——『桐の花』収載。

白秋の絶唱として有名な一首です。読者のみなさんもご存じの歌でしょう。それまで短歌についてはそれほど熱心な読者ではなかった私を、凝縮されたことばの世界のすばらしさに開眼させてくれた一首です。

きっかけは、同じ作者の歌「ヒヤシンス薄紫に咲きにけりはじめて心顫ひそめし日」を授業で教材とするために、歌集『桐の花』を読んだときです。この歌に出会って、はっと息をのみました。なんと繊細な、なんと美しい。難解なことばは、ひとつも使われていません。持って回った言いまわしもなく、複雑な修辞法もありません。ことばをそのまま受けとめればいい。雪の朝の情景と作者の真率な気持ちが、読み手の心にすっと入ります。作者も「君」も、読み手のすぐそばに立っています。

中学生にこの歌を授業したことがあります。先の「ヒヤシンス」の歌に続いて。「〈ヒヤシンス〉は初恋を詠んだ歌。じゃあ、この歌は?」と言って黒板に書き、二、三回朗読します。

この歌の背景となる伝記的事実には触れません。そうするとかえってそのことにとらわれて、生徒がこの歌そのものと向きあえなくなるおそれがあります。作者のもとに訪れた恋人と一夜を過ごし、彼女を見送る翌朝に詠んだ歌。——これだけで必要にして十分です。

思春期の入り口に立つ中学生にとって、こんな恋のまっただなかを詠んだ歌は驚き以外のなにものでもありません。この歌は、生徒に精いっぱいの背伸びを求めます。かれらは、息を殺して私の朗読に聞きいります。

五感で読む。――私はこのことだけを押さえます。不勉強な私は、五感を総動員して詠まれ、読む歌を、ほかに知りません。いまはもっぱら観念で詠まれた歌に出逢うことが多くなっているように思います。

目で読む。何が見える？　耳で読む。何が聞こえる？　鼻で読む。何が匂う？　口で読む。どんな味がする？　肌で読む。温度は？――こんな問いかけをしながら読んでいくと、やがて、読み手の五感も覚醒してゆきます。

授業では、この歌のすべてを扱うことはできません。ただ、やがて素敵な人に出会い、恋を生きるただなかに、ふっとこの歌がかれらの脳裏によみがえることがあれば幸いです。この歌は、相手への思いやり、すなわち相手の身になって感じ考える想像力の大切さを、若い人たちにやさしく語りかけています。

◇君かへす

君を帰す。「帰す」のは、作者の家から。「帰す」の対のことばは「迎える・招きいれる」。夕べ迎えた君を、けさ帰す。「帰す」は他動詞。その主語は私。自分の意志的な動作であることに注意したい。「私」の意志と責任において。それは「君」をひき受けるということ。君が、来て帰った、のではない。それは「雪よ林檎の香のごとくふれ」の命令形につながる。命令形は、強い意志をもった主体の表れ。雪が降りしきるなか、作者は遠ざかりゆく君のうしろ姿をずっと見守っている。彼女の姿が純白の世界に吸い込まれてゆくまで、家の戸口にたたずんでいる。

◇朝の舗石さくさくと

さくさくと――石畳の上に降った雪を踏む音。石畳のかたさと雪のやわらかさの同居。それが、林檎を噛む音を引きよせる。

◇雪よ林檎の香のごとくふれ

雪の擬人化。林檎の香りのように、匂やかにさわやかに甘酸っぱい香りをあたり一面に振りまいて降れ。雪も作者の呼びかけに呼応して、彼女を庇護し抱擁するように降ります。やがて彼女のつけた足跡も降る雪が消し去るでしょう。跡形もなく。

この歌を読みながら、いつのまにか読み手が歌の当事者になっています。家の戸口に立って彼女のうしろ姿を見やっている作者になっているのです。

そして思いを馳せます。君の帰る先には、何があるのだろうか。また、君が帰ったあとの作者には、何が残っているのだろうか。

伝記的事実を知れば、二人がおかれた現実が地獄的であればあるほど、うたわれるのは天上の世界。限りなく甘美に透明になっていきます。白秋は、実存の危機において最高の歌を詠んだ。危機ゆえにこそ、彼の五感は極度に研ぎすまされていきました。

降りしきる雪のなかを帰っていく人妻、そのうしろ姿に哀しさと清楚さと限りないいとおしさを感じとる読み手は、いますぐにも追いかけていって抱きしめたくなるような衝動に駆られます。そんな永遠の恋人である「君」を、作者は造形しました。私にとってこの「君」は、藤村が「初恋」でかたどった「君」と双璧（そうへき）です。

※——この歌の背景……一九一二（明治四十五・大正元）年、ときに、作者二十七歳。
「……六月、三木露風と（雑誌）『朱欒（ザンボア）』を特集。松下（福島）俊子との苦恋絶頂に達

し、七月、俊子の夫から告訴され、市谷未決監に二週間拘留される。弟義雄上京。八月、無罪免訴となる。九月より『朱欒』に〈哀傷篇〉ほかを発表。……」（北原隆太郎による年譜より）

❖ 課　題——10

歌のなかの〝君〟になりかわって、作者に呼応しましょう。降りしきる雪のなかを帰るときの、〝君〟のつぶやきを短歌にしましょう。

❖「好き」の先にある憎悪

俳人は、恋のただなかを五七五でどう表現しているでしょうか。短歌とは異なる俳句独特の表現の切り口に目を向けてみましょう。

呪ふ人は好きな人なり紅芙蓉(べにふよう)　長谷川(はせがわ)かな女(じょ)

＊――一九二〇（大正九）年作。季語「紅芙蓉」で秋。句集『龍膽』（一九二九〈昭和四〉年）、『雨月』（一九三九〈昭和十四〉年）収載。

人を呪うとは、ただごとではありません。ふつう私たちは、呪うという感情を特定のだれかにもつことはありません。ですから、これはよっぽどのことです。

呪う。辞典には、「恨みのある人などに悪いことがおこるようにと、神仏などに祈る」（岩波古語辞典）とあり、嫌う、憎む、恨むをはるかに超えた憎悪の感情を表すことばです。呪うほどに激しく憎悪している人がいる。それは、その人をそれだけ激しく好きだったから。思いつめた「好き」の行き着く先に呪いがあるのだと、作者は言います。好き、という感情の支線のひとつの終着駅が呪詛なのです。

その人とのあいだに、いったい何があったのか。読み手はさまざまに想像します。その人に、自分とは別の想う人ができた？　それとも……。

好きな人の小さなしぐさや些細なことばに、すれ違いや違和感を感じはじめ、やがてそれが疑いへと高じていく。その人に、自分にとっては未知の世界、自分が侵すことができない世界、自分の知らない親しい相手が存在することを知ったとき、それまで全身で抱いていた好きという感情が、一挙に憎しみへとそれてゆくことは、だれにでもありえます。

「呪ふ人は好きな人なり」。断定であり定義です。分裂し、激しくせめぎあう感情にケリをつけようと、いさぎよく言いきる。自分に言い聞かせる。自己の感情の分裂、それは心のなかが内戦状態にあることを意味します。作者はそんな自分を救済しようと懸命です。呪うという究極のネガティブな感情を、好きというポジティブな感情に組みかえる。自分の心の動きを静かに見すえて、視点を変え思考回路を変え高ぶった心を鎮める。※その変圧器として置かれたのが季語「紅芙蓉」です。

フランスのモラリストも言います。

「恋はその作用の大部分から判断すると、友情よりも憎悪に似ている」

そして、こう断言します。

「女を愛せば愛すほど憎むのと紙一重になる」と。（『ラ・ロシュフコー箴言集』二宮フサ訳）

二十世紀日本の女性俳人は五七五の伝統の韻律で、かたや十七世紀フランスのモラリストは「重い律動感のある一、二行の断言」（岩波文庫のカバーより）で、基本的には同じことを言います。

しかし、決定的な違いがあります。それは二人の気質です。

ラ・ロシュフコーは、あくまで非情です。ばっさりと断言し、読者を挑発します。私はこう思うからこう言っただけ。身も蓋もありません。

対するかな女は、言いきりつつも共感と納得へと読み手をいざないます。

その決定的な役割を果たしているのが、読者の共感と納得の装置としての季語「紅芙蓉」です。初句・二句と一見、関係がないように紅芙蓉は置かれています。そのあいだにある切れ。名句ほどその裂け目は深い。※※だからこそ季語「紅芙蓉」は作者と読者との了解事項となることで、この句の感情とイメージを共有化することばなのです。※※※

芙蓉は朝に咲き、夕方にはしぼみます。そのたった一日のはかなさで、芙蓉は大きくあでやかに咲きほこり、作者の引き裂かれた（アンビヴァレント）感情を受けとめています。

また、「呪い」ということばととりあわせることで、作者は紅芙蓉という季語の本意をずらしました。この花は初句・二句の光を受けて、ふだんとは異なった見え方で、その存在感を増しています。

※――あるいは、人に諭している、とも読めます。作者はこうなだめます。「呪うほどに激しく憎悪しているというけれど、あなた、ほんとうはその人を好きなんじゃないの。ほら、見てごらん、庭の紅芙蓉を」

※※――俳句では、二句一章、二物衝撃、とりあわせ、と呼びます。一見関係のないもの、異質なものどうしをとりあわせることによって、新しい美を生みだす手法です。

かそけくも咽喉鳴る妹よ鳳仙花　富田木歩（季語「鳳仙花」で秋）

葛咲くや嬬恋村の字いくつ　石田波郷（季語「葛咲く」で秋）

※※※――この句を読みひらこうとする読者は、この季語が、淡紅色の美しい五弁の花を開き、わずか一日でしぼむことで「花は薄命の美女にたとえられるように、楚々とした気品と艶麗さを感じさせる」（角川春樹編『現代俳句歳時記』）ことを知っておく必要があります。

同じように、愛と憎しみのせめぎあいを詠んだ作品を紹介します。

男憎しされども恋し柳散る　　鈴木真砂女（すずきまさじょ）

*——季語「柳散る」で秋。『卯波』（一九六一〈昭和三十六〉年）収載。

そしてもうひとつ。

紺屋（こうや）のおろく　　北原白秋

にくいあん畜生は紺屋のおろく。
猫を擁（かか）へて夕日の浜を
知らぬ顔してしやなしやなと。

にくいあん畜生は筑前（ちくぜん）しぼり、
華奢（きゃしゃ）な指さき濃青（こあお）に染めて、
金の指輪もちらちらと。

にくいあん畜生が薄情な眼つき。
黒の前掛(まえかけ)、毛繻子(けじゅす)か、セルか、
博多帯しめ、からころと。

にくいあん畜生と、擁へた猫と、
赤い夕日にふとつまされて、
潟(がた)に陥(はま)つて死ねばよい。ホンニ、ホンニ……

＊――『思ひ出』収載。

II

❖食べること、恋をすること

「この味がいいね」と君が言ったから七月六日はサラダ記念日

俵万智(たわらまち)

＊――歌集『サラダ記念日』（一九八七〈昭和六十二〉年）収載。

それまで多くの人にとって短歌は、特別な人たちの特別な世界の文芸であるというイメージが先行していましたが、『サラダ記念日』の登場は、歌人と歌集のイメージを変え、歌集の読者層を変え、やがて国語教科書の短歌の単元や授業の姿まで変えてしまいました。三十一音の定型が、いま・ここ・われの感情や思想を盛る身近な器であることを私たちに教えてくれました。私も短歌を詠んでみようと背伸びをする若い人びとの背中を押し、中学生・高校生の短詩形文学の隆盛を促した歌集でした。

七月六日をインターネットで調べてみると、真っ先に出たのが、なんと「サラダ記念日」。すでに国民的合意を獲得した記念日になっているのです。あと、公認会計士の日、ゼロ戦の日、ピアノの日と続きます。日本の歴史に刻まれるような大きな出来事が記されていない平凡な日です。そんな平凡な日に、二人だけの小さな事柄を「事件」にする。二人が華やぐ日に転換したのです。

そして、翌七月七日は七夕。これは暗示的です。

私は、「君が言ったから」の「から」に惹かれます。根拠は「君」のことば。日常の何気ない会話のなかのひと言を繊細にすくいとり、それを大切に温め、いとおしむ感情が伝わってきます。この歌を読んだときの「君」の驚きとうれしい表情が目に見えるようです。一回かぎりの状況で発され、そのまま消えてゆくことばを、二人の記念日としたとき、ことばはこの先もずっと生きつづけるのです。

「から」は、ここでは一般的な他律ではありません。理由を相手のことばに求めて、名づけたのは自分です。これは他律的な能動性ともよぶことができます。

私がはじめて歌集『サラダ記念日』を手にとってそのページをめくったとき、まずうなずいたのが八ページ、歌集の三首目に置かれたこの歌でした。

砂浜のランチついに手つかずの卵サンドが気になっている

私もサンドイッチが好きです。野菜サンド、とりわけきゅうりのシャキシャキとした歯ごたえが好き。ハムサンド、カツサンド、コロッケサンドもいい。妻がつくるベーコン・レタス・トマトのBLTサンドはとくに好きです。

ところで、問題の卵サンド。作者がつくったサンドイッチのなかで、彼が最後まで手をつけなかったのがこれ。私も、ほかのサンドといっしょに盛られている卵サンドを、なんとなく敬遠してしまうことがあります。そのためか、ボーイフレンドのつぶやきがじかに聞こえてきて、この歌集が私に親しく近づいてきました。

掲出歌をはじめとして、作者はこの歌集で、さまざまに食べ、さまざまに飲む、そのものとその時と場所と気持ちを詠んでいます。

君と食(は)む三百円のあなごずしそのおいしさを恋とこそ知れ

我のため生ガキの殻あける指うすく滲（にじ）める血の色よ愛（は）し

「嫁さんになれよ」だなんてカンチューハイ二本で言ってしまっていいの

陽（ひ）の中に君と分けあうはつなつのトマト確かな薄皮を持つ

エビフライ　君のしっぽと吾（あ）のしっぽ並べて出（い）でて来（き）し洋食屋

スパゲティの最後の一本食べようとしているあなた見ている私

立ったままはふはふ言って食べているおでんのゆげの向こうのあなた

歌に詠まれた食べものは、みな作者とその恋人によって食されることを喜んでいます。

そして、好きな人といっしょに食べるものは、みなおいしい。

ともにする食の行為をとおして、作者は「君・あなた」と情感を交流し、生活を味わい、楽しみ、豊かにしています。食べるときのしぐさの観察のなかに表された「君」への思いと細やかなまなざしに、生の確かさを求める作者の積極的な生き方が表れています。

愛読者に若い女性が多い。そうでしょう。その理由のひとつが、作者の食のありよう、すなわち、何を、だれと、いつ、どこで食べているのか、への親近感ではないでしょうか。恋を、食べることの相で詠んでいる歌の存在が、この歌集を魅力的なものにしています。読者は、自分と同じものを同じように食べていて、それをさりげなく、しかしはっとするようなしぐさでうたう作者の姿に強い共感を抱くのです。

ところで、数ある食材のなかでもくり返し登場するのがトマト（五首）。読み手はやがて、トマトが作者に同一化していることに気づきます。トマトを食べるときに、先の歌を思い出してください。ひと味違ってきますよ。恋の一場面を一見、明るく無邪気に詠みながらも、そこにあるかすかな陰影。ひとつのトマトを分けあいながら、作者の意識はその「確かな薄皮」に向けられています。

草食系男子や疲れた中年男性に比べて、若い女性たちは元気です。その元気の源は、食べることにあるのかもしれません。

❖**課　題**――11

①**掲載歌**に**応答**しましょう。**歌**のなかで**呼**びかけられた「**君**・あなた」になって、**返歌**を**詠**んでみましょう。

②あなたには、どんな**記念日**がありますか。それは、いつですか。その**思い出**を**詠**んでみましょう。

③あの**人**と、あのとき、あの**場所**で、いっしょに**食**べたものを**詠**んでみましょう。

【生徒作品……課題11】

❶—掲載歌に応答する

君と食む三百円のあなごずしそのおいしさを恋とこそ知れ
今までは食べたことないあなごずしまた食べたいのは君といるから　［美咲さん］

我のため生ガキの殻あける指うすく滲める血の色よ愛し
生ガキを指でつまんで押しあてる紅きくちびるあけてごらんよ　［茂さん］

「嫁さんになれよ」だなんてカンチューハイ二本で言ってしまっていいの
チューハイの勢いかりて告げてみた重き言葉が泡立っている　［洋子さん］

立ったままはふはふ言って食べているおでんのゆげの向こうのあなた
湯気ひとつ隔てる距離の心地良さ染みたおでんの味わいのよう　［和子さん］

❷―記念日を詠む

新宿のワインの店で一枚の心をもらったハンカチ記念日　［恵子さん］

あなたとはありえませんねと言いし日々その面下げて求婚記念日　［大輔さん・30代］

シャンパーニュ　グラスについだ誕生日九月十一日はオトナ記念日　［美咲さん］

❸―あの人といっしょに食べたものを詠む

筍（たけのこ）と木の芽たっぷり春の味義母（はは）が愛した鯖（さば）寿司君に　［洋子さん］

はじめての手料理あぶったいかなごよ小梅の見える君のアパート　［茂さん］

冷奴（ひややっこ）欠かさず食する君の傍（そば）で作る豆腐百珍　［和子さん］

❖二人の時をはかるゴンドラ

観覧車回れよ回れ想ひ出は君には一日我には一生

栗木京子

＊――歌集『水惑星』（一九八四〈昭和五十九〉年）収載。

「高校で国語の教員をしていたとき、短歌の単元に入ると、いつもプリントを作って配っていた。教科書には載っていない現代短歌、しかもなるべく高校生に親しみやすい作品を選んで、紹介した。そのなかで、毎年、女子生徒に圧倒的な人気があったのが掲出歌だ」

（俵万智『あなたと読む恋の歌百首』より）

そしていま、この歌は中学校の国語教科書に収載されています。俵万智さん（「寒いね」と話しかければ「寒いね」と答える人のいるあたたかさ）や河野裕子さん（たとへば君ガサッと落葉すくふやうに私をさらつて行つてはくれぬか）の歌といっしょに。短いスパンでは「目にはさやかに見えねども」、教科書はたしかに変わってきているのです。

現代を代表する三人の女性歌人の歌をいずれも、中学生が大好きです。女子生徒はもちろん、男子生徒にとっても、渇いた喉を冷たい水が流れおちるように、すうっとかれらのからだにとり込まれていきます。三人の歌人たちの紡ぐ愛のことばは、生徒の心をわしづかみにして、かれらを教室の「読者」としていざなってくれます。

観覧車といえば、いまもなお新鮮な記憶としてある四半世紀前のエピソードをお話ししましょう。

当時、私が勤めていた島の中学校の修学旅行でのことです。旅程の最後は、半日を遊園地で思いきり楽しむことでした。九州でいちばん大きな遊園地へ向かうバスのなかで、生徒たちはそわそわして車窓の風景が目に入りません。生まれてはじめてのジェットコースターやさまざまな絶叫マシンに心奪われているのです。何から乗ろうか、バスのなかはその話で持ちきりです。

しかし、どうもそれだけではありません。だれとだれが遊園地をいっしょに歩くのかが、みな気になっているのです。A男がB子に、いっしょに歩いてくれと声をかけたそうだ。C男はD子にかけたそうだ。E子は、F男とG男の二人から申し込まれたそうだ……。

遊園地に近づくバスの車窓から、真っ先にわれわれの目に入ったのが巨大な観覧車です。「さあ、前方に見えてきましたよ」。バスガイドさんの右手の先には、真っ白な観覧車が蒼空（そうくう）に浮かんでいます。とたんに「わー」とあがる歓声。

ようやく着いた遊園地では、教師がかんたんな注意と集合時間と場所を伝達したあと、生徒たちは弾けたようにそれぞれがめざす乗りものへと散っていきました。教師も生徒の姿を観察しながら園内を巡ります。

観覧車の乗り場にタカシとヒロコがいました。たぶん、「俺といっしょに乗ってくれ」と、タカシが頼んだのでしょう。ところが、タカシときたら緊張でコチコチです。スポーツが得意で、しなやかなからだの持ち主であるはずの男がどうしたことだ。ナナフシみたいに緩慢でギクシャクした四肢の動きは。そんなタカシのうしろに、人一組が割り込めるくらいの距離を置いて、ヒロコがうつむいて立っています。

二人が乗るゴンドラがやってきました。それから十五分……。一周したゴンドラから降り立った二人は、相手の顔も見ず無言で、二人を見守っていた男女それぞれの友だちの輪のなかに入っていきました。

女友だちに囲まれたとたん、ヒロコにぱっと笑顔の花が咲きました。

すかさず友だちは訊きます。

「どうだった……？」

四時間だけ切りとられた遊園地での特別の時間、生徒たちは思いきりはしゃぎ、歓声をあげ、悲鳴をあげ、仲間の未知の姿を発見し、友情を深めました。

ほとんどの生徒が、思い思いの仲間と観覧車に乗りました。そのなかで過ごした十五分間は、ともに一日（ひとひ）が一生（ひとよ）であるような時間として、生徒たちに記憶されていることでしょう。それぞれのゴンドラで、会話の花が咲いたことでしょう。

純朴でやさしいかれらの姿は、いまでも私の脳裏に鮮やかです。判で押したように単調で、一面退屈な日常の日々。しかしその地道でていねいで確かな積み重ねが、非日常の輝きと華やぎ、そして新鮮な物語の生成を準備するのです。

密室でありながら大空に開かれている空間。独白も対話も饒舌も沈黙も受けいれて、一瞬だけ変身できる場所。それが観覧車です。

観覧車をうたった歌を紹介します。

二人分の孤独を乗せて後戻りできぬ高さを観覧車越ゆ　十谷（じゅうや）あとり

＊――歌集『ありふれた空』（二〇〇三〈平成十五〉年）収載。

夜を来て大観覧車に揺られいる一人のわれに風吹くばかり

道浦母都子（みちうらもとこ）

＊――歌集『夕駅』（一九九七〈平成九〉年）収載。

❖課　題――12

あなたの観覧車の思い出を詠んでみませんか。
あのときに、あの人と乗った観覧車の十五分間を。
あるいは、一人で観覧車に乗ったあのとき、あなたの気持ちが見た風景を。

❖ 時空を超えて詠まれあう恋

不逢恋逢恋逢不逢恋（あはぬこひあふこひあふてあはぬこひ）ゆめゆめわれをゆめな忘れそ　紀野恵（きのめぐみ）

＊――歌集『さやと戦げる玉の緒の』（一九八四〈昭和五十九〉年）収載。

＊＊――「不逢恋」、逢えずに悶々と一人悩む恋。「逢恋」、逢瀬を得て想いを遂げた恋。「逢不逢恋」、逢瀬を得て想いを遂げたが、その後、事情あって逢えなくなった恋。これらは、『古今和歌集』や『新古今和歌集』など、勅撰和歌集の部立てのひとつ「恋歌」につけられた恋の階梯（かいてい）を表しています。「ゆめゆめ」、かならずかならず。けっしてけっして。「な～そ」、禁止の意味をやさしく表す。どうか～しないでおくれ。けっしてけっして、私をどうか忘れないでください。――強い哀願です。

はじめて読んだとき、一瞬たじろぎました。「何だろう、この歌」。

まず、視覚上のインパクトの大きさです。五七五、上の句の九文字の漢字の連なりと、下の句のひらがなの連なり、そしてそのなかに置かれた漢字「忘」の確かな存在感。

縦書き表記に絶対的な必然性があります。上の句の漢字のかたく重い字面を、下の句のひらがなが、バネのような強さとしなやかさで支えています。上半身の筋骨隆々たるたくましさと下半身のしなやかさ。これがコンピュータの標準的な横書きの画面では、上の句と下の句の重力の関係はみえてきませんし、この歌の絵画性も読者には伝わりません。

そして、九つの漢字に振られたルビがおもしろい。木の幹を伝う一筋のしたたりのようです。それはいずれも大和ことばです。視覚上のかたさと音感のやわらかさのギャップが、歌に重層的な意味を付加しています。漢字とひらがな、表意文字と表音文字との組み合せと並立の効果までも周到に計算し設計している作者の繊細さと頭のよさに瞠目(どうもく)します。

古典和歌の深い教養に裏打ちされた歌です。上の句は、王朝の有名な歌たちを読み手に想起させる機能をもっています。この三つのことばは、アメーバさながらに無数の触手を伸ばして、王朝の和歌にリンクしていきます。

『古今和歌集』を例にみていきましょう。たとえば、つぎのような歌に掲載歌の触手が伸びているのではないでしょうか。

「不逢恋(あはぬこひ)」では、

ほととぎす鳴くやさ月(つき)のあやめ草あやめも知らぬ恋もする哉(かな)

詠み人知らず

(「巻第十一　恋歌一」の冒頭に置かれた歌)

【通釈】ほととぎすが、そら、鳴いている、この夏五月の「あやめ草」よ。そのあやめ草の「あやめ」という名のように筋目も分からない恋までもするものだなあ。

「逢恋(あふこひ)」では、

起きもせず寝もせで夜をあかしては春の物とてながめ暮しつ

在原業平(ありわらのなりひら)

(「巻第十三　恋歌三」の冒頭に置かれた歌)

【通釈】起きてしまうでもなく寝てしまうでもなく夜を明かしましては、その上に昼は昼で、春のものということで長雨が降り続くのを嘆いて時を過しました。

「逢不逢恋（あふてあはぬこひ）」では、

月やあらぬ春や昔の春ならぬわが身ひとつはもとの身にして
在原業平

（「巻第十五　恋歌五」の冒頭に置かれた歌）

【通釈】月は、そして、春は、昔のままの月であり春であって、自然はやはり変らない。それに反して人は変っていくものなのに、どうしたことか取り残されたように、わたくしのこの身だけがもと通りの状態であって…。

＊――通釈は、『古今和歌集　新日本古典文学大系』（岩波書店）より。

「ゆめゆめわれをゆめな忘れそ」というところの「われ」とはだれでしょうか。もちろん作者です。しかし、作者だけとはかぎりますまい。私は、さまざまな姿の恋を歌った王朝の歌人たちだと読みます。

小野小町（おののこまち）が、平成の読者に訴えます。〝私の「思（おも）ひつつ寝（ぬ）ればや人の見えつらむ夢としりせば覚めざらましを」は、『古今和歌集』の「巻第十二　恋歌二」の冒頭に置かれているのよ〟と。彼女は「不逢恋」に身を焦がしました。

和泉式部が訴えます。〝「黒髪のみだれも知らずうちふせばまづかきやりし人ぞこひしき」（後拾遺和歌集　巻第十三　恋三）を忘れないで〟と。

彼女よりおよそ百九十年おくれて生まれた藤原定家が言います。〝この歌を挙げるのだったら私の歌も紹介してよ。私は、彼女の乱れた黒髪をかきやった人になって、彼女の歌に応えのだから〟と。すなわち「かきやりしその黒髪のすぢごとにうちふすほどは面影ぞ立つ」（新古今和歌集　巻第十五　恋歌五）。

式子内親王が忍ぶ恋の苦しみを訴えます。そう、「玉の緒よ絶えなばたえねながらへばしのぶることのよはりもぞする」（新古今和歌集　巻第十一　恋歌一）の歌でもって。

在原業平も、〝これはぼくのことだ〟と言いたげです。

そうして同時に、作者も「われ」の一人となって王朝の歌人たちに連なってゆくのです。

（身近な古典和歌のアンソロジーといえば百人一首でしょう。こんどは読者のみなさんが、「不逢恋逢恋逢不逢恋」の視点で、恋歌の饗宴を味わってみられることをお勧めします。）

さて、この歌の大きな魅力は、その音楽性、朗唱性にあります。舌頭千転とは芭蕉のことばですが、この歌を口ずさむときの快楽には格別のものがあります。明るく開放的なア音のリズム、「ゆめ」のくり返しが耳に心地よい。その軽やかさに、読んでいて楽しくなってしまいます。朗唱する読み手を幸福にしてくれる歌です。

作者はこんな音楽を、短歌の形式でいくつも奏でています。掲載歌に続けて声に出して読んでみてください。いずれも『さやと戦げる玉の緒の』より。

黄金のみづ歌はさやかにしづめども吾こそ浮きてささやさやさや

ゆめにあふひとのまなじりわたくしがゆめよりほかの何であらうか

ゆふさればあづま下りの恋人の長き腕のゆらぐ天蓋

そは晩夏新古今集の開かれてゐてさかしまに恋ひ初めにけり

ふらんす野武蔵野つは野紫野あしたのゆめのゆふぐれのあめ

ちょっとしあわせな気分になりませんか。調を微妙に移しながら、共通した明るくやわらかなトーンで奏でられる小品たちのきらめき。韻律で読み手の感情を浮きたたせる力がどの歌にも備わっています。この第一歌集を出したとき、作者は十九歳でした。

※――そう、こんな音楽があります。ドメニコ・スカルラッティのピアノソナタ群です。華やぎと発明に満ちた数分間に身を浸すたまゆらの快楽。（ホロヴィッツの名演で聴いてください。）

※※――この作者の歌が好きになった方は、ぜひ、つぎの詩人の詩集を手にとってみてください。那珂太郎の詩集『音楽』（一九六五年）です。そのなかから一篇紹介します。

作品A

燃えるみどりのみだれるうねりの
みなみの雲の藻の髪のかなしみの
梨の実のなみだの嵐の秋のあさの
にほふ肌のはるかなハアプの痛み

の耳かざりのきらめきの水の波紋
の花びらのかさなりの遠い王朝の
夢のゆらぎの憂愁の青ざめる螢火
のうつす観念の唐草模様の錦蛇の
とぐろのとどろきのおどろきの黒
のくちびるの莟みの罪の冷たさの
さびしさのさざなみのなぎさの蛹

「連体格を示す。上の語が下の体言に対して、所在・所有などさまざまの関係に立つ」（広辞苑）。これが格助詞「の」の基本的な機能です。「燃えるみどり」に始まることばたちが「の」によってさまざまに関係づけられ、鎖のようにつながってゆく先は「蛹」です。「さまざまの関係」をどう読むか。それは読み手に負託されています。そのことを思いえがきながら声に出して読み、その響きの快楽に浸ってください。清岡卓行氏はこの詩集を「世界観を気化して充満させた温室の中に、ポッカリと咲かせた自律的な言語芸術」（『那珂太郎詩集』）と評しています。

❖ハイネの真率さに愛を学ぶ

ここではじめて、外国の詩をとりあげます。ドイツの詩人、ハインリッヒ・ハイネ（一七九七年―一八五六年）の詩です。

Wenn ich in deine Augen seh'　　Heinrich Heine

Wenn ich in deine Augen seh',
So schwindet all mein Leid und Weh;
Doch wenn ich küsse deinen Mund,
So werd' ich ganz und gar gesund.

Wenn ich mich lehn' an deine Brust,
Kommt's über mich wie Himmelslust;
Doch wenn du sprichst: ich liebe dich!

So muß ich weinen bitterlich.

*――Buch der Lieder（『歌の本』〈一八二七年〉）収載。

君が瞳を見るときは　片山敏彦（かたやまとしひこ）訳

君が瞳を見るときは
たちまち消ゆるわが憂（うれ）ひ。
君にくちづけするときは
たちまち晴るるわが思ひ。

君がみむねに寄るときは
天の悦（よろこ）びわれに湧き、
君を慕（した）ふと告ぐるとき、
涙はげしく流れ落ちたり。

＊——新潮文庫『ハイネ詩集』（一九五一〈昭和二十六〉年）収載。片山敏彦（一八九八年—一九六一年）……詩人、文学研究者、ドイツ文学者、フランス文学者。ロマン・ロラン、ヘッセ、リルケ、ハイネ、ゲーテらの翻訳も多い。

おまえの瞳を

井上正蔵（いのうえしょうぞう）訳

おまえの瞳を見ていると
なやみも痛みも消えていく
おまえの口に接吻（キス）すると
けろりと元気になれるのだ

おまえの胸に寄り添うと
天国へでも行ったよう
あなた好きよと言われると
もう泣かずにゃあいられない

＊――岩波文庫『歌の本』（一九五〇〈昭和二十五〉年）収載。井上正蔵（一九一三年――一九八九年）……ドイツ文学者。マルクス主義の立場からドイツ文学にアプローチし、とくにハイネや東ドイツ文学の研究・翻訳紹介で知られた。

ほんとうにひさしぶりにハイネを読みました。新潮文庫版『ハイネ詩集』（片山敏彦訳）。書店の文庫本コーナーに行ったら、ちゃんと本棚に立っていました。瀟洒（しょうしゃ）なカバーがついて（昔は、パラフィン紙で包まれていたのではないかしら）、新字新仮名づかいに変わっているだけで、内容はちっとも変わっていません。訳者の「新潮文庫版へのあとがき」もそのままで、発刊当時の時代精神を現代に伝えています。三十数年ぶりになつかしい友だちに再会したような気持ちです。最初の発行が、一九五一（昭和二十六）年。一九九六（平成八）年、八十二刷で改版され、私が買ったものは、二〇〇九（平成二十一）年、八十八刷。戦後六十年間を世代を超えて息長く読みつがれてきた、まさに常緑樹（エバーグリーン）です。どんなに時がたとうとも、つねに青々としてみずみずしい。

はじめてこの詩集を手にしたのは高校二年生のときでした。友だちと背伸びしてこの詩集を読みあいました。そのなかには女の子もいました。

「私は『星が一つ落ちる』が好き。近藤くんは？」

そのとき、私がどの一篇を挙げたのか、覚えていないのです。

当時の私たちにとって、ハイネ・青春・恋は一体のものでした。高校時代はハイネを読む。それは青春時代の通過儀礼でした。それも孤独に読むのではなくて、友だちと、ガールフレンド、ボーイフレンドと読みあう。このような意識は、この選集によって形成されたのではないでしょうか。この行為をとおして、読みあう者どうしの精神的な紐帯が形成されていくのです。そんな経験を、あなたもおもちではありませんか。


私が住む町の隣にある佐世保市立図書館に、同じ新潮文庫版『ハイネ詩集』の第一刷がありました。昭和二十六年六月八日付の蔵書印が捺されています。粗末な紙に印刷され、手擦れして茶褐色に変わった表紙と背表紙がていねいに補修されたこの本は、六十年の時の流れとそれが多くの人の手にとられてきたことを物語っています。

ページをそっとめくっていたら、こんな書き込みを見つけました。「愛とは一体何なのか」。詩「薔薇と糸杉と金箔とで」のかたわらにありました。この問いの答えをこの詩集に求めた人がいます。どんな人なのでしょうか。愛に苦悩しながら、孤独のなか、一篇一篇に読みふけっていたのでしょうか。そしてこの人は、自分の琴線に触れたいくつかの詩に印をつけています。そのひとつに掲載詩〈君が瞳を見るときは〉がありました。題の上に記された◎が印象的でした。自分の問いを解くきっかけをこの詩に見いだしたのでしょうか。それともこの人は、恋のただなかにあったのでしょうか。それは、不逢恋（あはぬこひ）？　逢恋（あふこひ）？　それとも逢不逢恋（あふてあはぬこひ）？……さまざまに想像がふくらみます。

その後、大学生になってクラシック音楽に傾倒した私に、この青春の詩人との第二の出会いがありました。シューマンの歌曲集『詩人の恋』を聴いたのです。聴き手の心にまつわりつくピアノと男声に目が覚めるようでした。この経験は、これまで個々に読み味わっていた詩を、『詩人の恋』というひとつの花壇に咲く花ばなとして、関係の相で読んで聴くことの楽しさを私に教えてくれました。

掲載詩〈君が瞳を〉は、歌集の四曲目に置かれています。私は、不世出のバリトン歌手フィッシャー・ディースカウが歌い、クリストフ・エッシェンバッハがピアノを弾くこの曲を聴いてはじめて、この詩が腑に落ちたのです。声とピアノの繊細絶妙な対話、それは唱和と呼んでいい。とりわけ ich liebe dich! の語り口のすばらしさ。身を砕くような気持ちを込めて歌います。いまにもあふれそうなコップの水が表面張力でやっともっているように、極限にまで高めた感情をあえて抑制して、恋人の耳元に熱い息をそっと吹きかけるような歌い方です。叫びを内包したささやきです。フィッシャー・ディースカウが教えてくれます。これこそがロマンティックなのだと。愛を告げるときは、このように率直に、そして切なさとやさしさと甘美さとをもって。

私はハイネの真率さに敬意を抱きます。一九三〇年代の日本、戦争中の息苦しい時代にハイネの正直で衒(てら)わない感情表現にあこがれ、勇気づけられた多くの日本人がいたことでしょう。片山敏彦訳の流麗な調べによってハイネになぐさめと希望とを見いだし、みずからを勇気づけたのではないのでしょうか。

片山敏彦のハイネは、七五調の文語定型詩。整った詩型で真剣に女性をたたえます。それは鑽仰(さんぎょう)そのものです。繊細で孤独な悩める青年のイメージで、藤村たち明治の新体詩人との親近性、連続性を感じさせます。

ハイネ研究の第一人者、井上正蔵のハイネは、口語詩でわかりやすい。明るく、からっとしています。口誦性にも富み、八五、七五のリズムに、この詩に内在しているユーモアも明かされています。

原詩が同じだとはとても思えません。とりわけ ich liebe dich! の訳の違いがおもしろいでしょう。「君を慕ふ」（片山訳）と「あなた好きよ」（井上訳）。こう言った恋人の声、表情、しぐさ、まったく異なった姿が浮かびます。そんな想像をあれこれするのが楽しい。これが、異なった訳で詩を読む楽しみのひとつではないでしょうか。

いまは、一生懸命がかっこわるく見えるのでしょうか。斜にかまえるのがかっこいいのでしょうか。率直にものを言うと損。上手に器用にふるまうことをもっぱらとし、語ることばと本心との乖離(かいり)、心とはあべこべのことばでものを言う。その裏にあるのは猜疑心(さいぎしん)、打算、自己保身と自分にたいする自信のなさ。こんな精神態度に、虚無主義(ニヒリズム)と冷笑主義(シニシズム)が胚胎(はいたい)します。

この点から言えば、上手な世渡りとは無縁なハイネです。率直な物言いに言葉尻をとらえられ、攻撃され、排除され、背かれることがたびたびありました。多くの女性に恋をしましたが、ほとんどの場合、報われることはなかったといいます。しかし、彼はひるまなかった。

ハイネは、若い人たちの占有物ではありません。私たち中高年も、ハイネとの出会いなおしによって、理想の火をかき立ててみませんか。

❖課　題――13

①あなたにも、ハイネを読んだ思い出がありませんか。あのとき、あの場所で、ハイネのあの詩を読んだ思い出を、エッセイふうに綴（つづ）ってみませんか。

②あなたも、ハイネにならって、あなたが愛する人を情熱をこめて鑚仰する詩を書いてみませんか。

例　あなたの瞳を見ていると……

❖精いっぱいの悪口に愛をこめて

この章の最後は、とびきりキュートな詩で締めくくりましょう。

あくびがでるわ
いやけがさすわ
しにたいくらい
てんでたいくつ
まぬけなあなた
すべってころべ

＊――雑誌「絵葉書世界」第三号（一九七七〈昭和五十二〉年）収載。

この詩は題名がありませんが、「谷川俊太郎の恋文」とよばれています。これが恋文？怪訝（けげん）に思われる方もいらっしゃるでしょうが、正真正銘のラヴ・レターです。各行の頭の文字を右から左に読んでみてください。愛の告白が浮かびあがります。これは「折句」と呼ばれる修辞法のひとつであり、英語ではアクロスティック（acrostic）といいます。

さすがは谷川俊太郎さん、わずか六行のやさしいことばを使って、発見と驚きがつまった、読み手の目を覚ますような素敵な詩をつくりました。

そのしかけは、表のことばと、隠されたことば、ほんとうに伝えたいメッセージとの乖離の大きさにあります。作者は「あなた」にたいして悪口の限りをつくします。退屈から嫌悪へ、そして憎悪へ、最後は呪詛へと増幅される「あなた」へのネガティヴな感情のことば。しかし、「あいしてます」というハイネにも負けないくらいの真率な愛の告白に気づいた「あなた」は思わず吹きだして、それからじんわりと心が熱くなるのです。

これまでとりあげた作品で、ことばと行為、ことばと本心の矛盾をうたった詩は、たとえば「うち　知ってんねん」（島田陽子）がありました。

この「恋文」の詩の魅力は、音読によって十分に味わえます。二人で組んで読みあい、相手にことばをぶつけてみましょう。ことばどおりに、精いっぱいいやらしく憎しみと呪いとをこめて読んでみましょう。相手がほんとうに怒るくらいに読めたら合格です。そのあと、ひと呼吸おいて、折り込まれた「あいしてます」をそっとつけ加えてみてください。ほら、相手がはにかみながらもうれしそうな表情になるでしょう。

「折句」といえば、みなさんも高校の古典で学んだ歌があります。覚えていらっしゃる方も多いでしょう。『伊勢物語』第九段中から引きます。句の頭文字をとりだすと「か・き・つ・ば・た」となります。折り句の技法です。

その沢にかきつばたいとおもしろく（面白い風情で）咲きたり。それを見て、ある人（仲間の一人）のいはく、「かきつばた、といふ五文字を句のかみにすゑて（最初に使って）、旅の心を（歌に）よめ」といひければ、よめる。

唐衣（からころも）きつつなれにし　つましあれば
はるばるきぬる　旅をしぞ思ふ

【通釈】唐衣を着るにつけてしなやかに身に慣れる褄（つま）、そのように長年むつみあった妻をひとり都に残している、だからひとしお、遥々（はるばる）やってきた旅の悲しさが、身にしみて感じられる。

*――通釈は、『古今和歌集　新潮日本古典集成』より。褄は着物の部分のこと。

❖ **課　題——14**

この**詩**での**作者**の**告白**「あいしてます」に、あなたも**折り句**で**応答**しましょう。

ア　告白を受け入れる場合

イ　告白を断る場合

いずれかの立場でつくります。そのとき、もとの詩と同じように、表のことばと伝えたいメッセージとの乖離が最大になるように表現をくふうしましょう。

【生徒作品……課題14】

〈受け入れる〉

わんぱたーんの
ただのひとだね
しんきろうでも
もっとましだわ
すっとことんの
きしめんやろう
よせよせあんな

［洋子さん］

とんまのくせに
ていさいぶるな
もてるだなんて
うそつきやろう
れいぎしらずで
しくじりばかり
いらいらするわ
わずらわしいわ

［和子さん］

しんじられない
ぬるいことばに
ほとほとあきた
どついてやろか
にんげんやめな
すっからぴんの
きらいなおまえ

［茂さん］

〈断る〉

いけめんなのよ
いいひとなのよ
ひいきめじゃない
とってもすてき
いつもいっしょに
るんるんるんと
のーなんてのー

［洋子さん］

あなたがくれる
ばらいろのとき
よごとにあまく
ささやきあおう
よいしれるのは

うれしいことば
なろうことなら
らいせもともに

［和子さん］

しなやかな
ぬくもりと
ほどのよさ
どどいつで
キスをして
ラリってる
イイおんな

［茂さん］

◉——谷川さんの詩は、一行七音で六行。私たちもあえてこの制約を課して、各行の音数をそろえる。むずかしいだけに楽しさも増大します。

悪態の応酬がなされるのは声をもって。しかし、文字だけの表現は、楽譜のような調の設定も、テンポの指示も、強弱記号も、表情記号もいっさいありません。あるのは、すばらしい発明に満ちた音符だけ。そこに調とテンポを設定し、強弱や表情をつけるのは読者です。すなわち読者が同時に表現者となるのです。ここは、読み手の創造的受容性が光る課題だと自負しています。

これらの詩を、谷川さんの詩に続けて声に出して読んでみてください。どれも谷川さんと立派に張りあっていませんか。

「受け入れる」詩は、悪態には悪態で応答しながら、じつは相思相愛なんです。反対に、「断る」詩は、詩人の悪態などどこ吹く風と受けながし、愛と思いやりのことばで応答しながら、じつは谷川さんへの負けじ魂が隠されている。

いかがですか。谷川さんの詩が何倍も楽しくなるでしょう。

歌詠みの恋文〈2〉——北原白秋

俊子さん、今度こそ誰の手にも渡して下さるな、この一冊（歌集『桐の花』）を作るために私達はどんなに楽しかったか、苦しかったか辛かったか、あなたが一番よく知っているはずだ。今度こそ私の敵の手に渡して下さるな（白秋の名声を妬む人の存在、しかも身近にそれがあった）。市ケ谷の生活（「桐の花事件」。一二一ページの注参照）は詩人としては却て悲しい光明を放ったものだ、私はおかげで芸術に生きた。日本中の最も詩人らしい詩人の生涯があなたという人に依てどれだけ光彩を放っているかわからない。私は自分の事に就て、あなたに責任もって貰うとも思わない、男だから自分のことは自分で処理する。ただあなたはこの中に美しい色彩をされたソフィー（『桐の花』「哀傷篇」の扉に「罪びとソフィーに贈る」とある）その人を一生中温かに守護してくれねばならぬ、昔のソフィーを大切になさい。あなたが大切にせなくて誰が大切にする人がある。

この歌集は自分ながら目のさめるように美しい本だという矜持をもつことができる。こんな装幀と製本の充美を尽した歌集がまだ日本にひとつとしてあるかないか、誰しも驚くにちがいない。

俊子さん、私はいま狂喜している。飛んだりはねたりしている。お前もいっしょにこの歌集を祝福して下さい。

返事をすぐよこして下さい。こんど遅れたらいよいよ私は肝癪を起す。別封の手紙は五六日前に書いてあったが、いつぞやの返報にわざとお前さんを待たせたのだ。

いま熱がヒドクて寝ている、この小包は東雲堂の小僧さんに托した。左様なら

純（白秋の匿名）

一九一三（大正二）年一月□日　福島俊子宛て

◉――歌集『桐の花』を贈ったときの手紙。相手は、日本近代文学史上に燦然と輝くこの歌集の誕生に深くかかわった福島俊子です。彼女の存在なくしてこの歌集は生まれなかった。『白秋全集三十九　書簡』には、彼女宛ての手紙三十四通が収載されています。多くは長文で、白秋の彼女への感情があられもなく書かれていて、読みながら戦慄さえ覚えました。恋が憎しみと呪いと紙一重どころか、じっさいはこれらの感情をこき混ぜているという事実。「恋はきれいごとではない。恋をすることは、相手の全存在ばかりではなく相手と自分の肉親家族までをその渦中に引きずり込み、それをひき受けるということなんだ。それだけの覚悟が、きみにはあるのかい。しかし、その闘諍修羅のおかげで私の人間的成長があり、文学の深化があったのだよ」――白秋の恋文は、読者にこう語りかけていています。

第五章　別れのうた

❖ 二人でいることの孤独

さまざまな恋の階梯(ステップ)で詠まれる朝。もはや愛しあわなくなった二人は、最後の朝をどう迎えたのでしょうか。フランスの詩人、ジャック・プレヴェール（一九〇〇年—一九七七年）の〈Déjeuner du matin〉を読んでみましょう。

朝の食事　　ジャック・プレヴェール　大岡信(おおおかまこと)　訳

あの人　コーヒーをついだ
茶碗(ちゃわん)の中に
あの人　ミルクをいれた
コーヒー茶碗に
あの人　砂糖をおとした
ミルク・コーヒーに
小さなスプーンで

かきまわした
あの人　ミルク・コーヒーを飲んだ
それから茶碗を置いた
あたしにひとこともいわず
煙草に
火をつけた
煙草の煙を
輪にしてふかした
灰皿に
灰をおとした
あたしにひとこともいわず
あたしを一度も見ずに
あの人　たちあがった
あの人
帽子を頭にかぶった
あの人

レイン・コートを着た
雨が降っていたから
あの人　出ていった
雨の中へ
ひとことも話さず
あたしを一度も見ずに
そしてあたしは
頭をかかえた
それから　泣いた。

＊――『プレヴェール詩集　世界詩人全集十八』（一九六八〈昭和四十三〉年）収載。
＊＊――ジャック・プレヴェール（Jacques Prévert）は、フランスの詩人であり映画のシナリオ作家。シャンソン「枯葉」（ジョゼフ・コスマ作曲）の作詞者として名高い。ここでとりあげた〈Déjeuner du matin〉にもコスマが曲をつけています。

映画の別れの場面を見ているようです。女性による、男性のしぐさの凝視。「あの人」

の一挙手一投足は、高精度のカメラで「あたし」から撮影されています。

二人のあいだにことばがまったくない食事が、こんなにも寒々としているものなのか。からだも心も凍りつくような冷えきった時間です。一人の食事よりも、もっと深い孤独を味わわされている「あたし」です。

この日の朝までに、二人のあいだにはどんな出来事があったのでしょうか。素敵な出会いがあり、愛しあった美しい日々があったことでしょう。

かつて二人は、雪のように降り積もる時間を共有していました。対するいま、時間は、二人のまえをひたすら流れ去っていきます。川の流れのような時間が、これまで二人に降り積もってきた時間をも流し去るのです。

しかし、「あたし」を抹消するほどに非情にふるまえる「あの人」の心のなかをのぞいてみたいとは思いませんか。レイン・コートを着て雨のなかへ出ていったとき、「あの人」は心のなかで何をつぶやいていたのでしょうか。

作者は、ひとつひとつの行為を単文で記述し、積み重ねていきます。悲しい、つらい、寂しい、苦しい、憎い、といった形容詞をひとつも使わずに、事実の列挙だけで、底なしの寂しさと残忍なまでの冷酷さを表現することができるのです。同じ部屋という空間的にはきわめて近い二人の、精神的距離の隔たりの絶望的な大きさを、淡々とかつ克明に、蟻が言うような具象性と緻密さとをもって記しています。

そしてあたしは／頭をかかえた／それから　泣いた。

これが映画なら、一人残された主人公が、テーブルにつっ伏して激しく泣く姿のクローズアップで、the end のテロップが流れるところです。そうして私は思いを馳せます。「あたし」は、このあとどうなったのだろうか、彼女は自分の心にどう折りあいをつけてこれからを生きていくのだろうか、と。さまざまに思いをめぐらしつつ、映画館をあとにする観客のように。

＊――北村薫『詩歌の待ち伏せ　三』（文藝春秋）に、この詩の五人の翻訳が紹介されています。訳者は、内藤濯・小笠原豊樹・平田文也・北川冬彦・大岡信です。また『フランス名詩選』（岩波書店）には、安藤元雄の訳で紹介されています。あわせて六人の訳に触れることができます。

フランス人は、ひとつの〈Déjeuner du matin〉しか読むことができませんが、われわれは六つの「朝の食事」（内藤濯訳のみ「朝食」）を読み、訳者たちの解釈と、その差異を楽しむことができます。なんと素敵なことでしょう。

❖課　題――15

①レインコートを着て雨のなかへ出ていく「あの人」の、心のつぶやきを想像して書いてみましょう。

②愛した人との別れの経験がありますか。その人との最後の時間を詩に綴ってみましょう。

❖恋の終わりを告げる知らせ

かつての恋人が結婚した知らせを受けたとき、頭のなかに去来するのは、どんな思いでしょうか。

きみ嫁(ゆ)けり遠き一つの訃(ふ)に似たり　高柳重信(たかやなぎじゅうしん)

＊——一九四七（昭和二十二）年発表。作者二十四歳の作。句集『前略十年』（一九五四〈昭和二十九〉年）収載。無季句。

昔恋人だった女性が結婚した。作者はそのことを知ったときの心境を「遠き一つの訃」と形容しています。結婚の直接の知らせは「きみ」からはありません。おそらく「○ちゃん、結婚したよ」と、二人を知っている友人からもたらされたものでしょう。「きみ嫁(ゆ)けり」（きみは嫁(とつ)いでしまった）——初句で切れます。もはや「きみ」と会うことはなかろう。いや、会ってはならないのです。助動詞「り」にこめられた深い喪失感と断念。そのあとにくるのは「きみ」を回想する時間です。

「きみ」の結婚によって、二人のあのときは一挙に「遠き」過去になってしまいました。「きみ」と共有した時間の喪失であり封印です。いまや記憶の海底深く沈められて二度とよみがえることのない時間になりました。結婚の知らせはすなわち訃報となったのです。「きみ」との別離から相当の時間がたっています。その時間、「きみ」も私も別々の人生を歩み、人や出来事との出会いと別れを重ねています。それぞれに積み重ねた時間が、この知らせを受けとるまでに存在していることの気づき。そしてこれからも二人は、別々の時間を生きていくのです。

同年につぎの句も発表されました。


恋人のああ何の瞳(め)ぞ薔薇(ばら)映し

＊――『前略十年』収載。季語「薔薇」で夏。

薔薇のまえにたたずむ二人。恋人は薔薇を一心に見ています。彼女の瞳には華やかに咲く薔薇が映っています。いっぽう作者は、恋人の瞳に見入っています。いまここで、恋人は薔薇に心奪われ、作者は、恋人に心奪われています。薔薇に見入る恋人を讃（たた）えつつ、同時にその心の理解しがたさを述べています。じつはここに、この恋人たちが気づいていないすれ違いがあるのではないでしょうか。二人のあいだには、単交通、すなわち一方通行的な交通しか成立していないように思えます。ここでの恋人と、先の俳句の「きみ」が同一の女性だとしたら、この句は先の俳句の伏線ではあるまいか。あなたは、どう思いますか。

❖一人の部屋で待つ

待つ時間は、どの時にも増して長く感じられます。待ち望む、待ち焦がれる、待ち暮らす、待ちくたびれる……動詞「待つ」は多くの複合語をつくります。このつぎにあるのは、どんな感情でしょうか。

帰らざる幾月（いくつき）ドアの合鍵（あいかぎ）の一つを今も君は持ちゐるらむか

大西民子（おおにしたみこ）

＊——第一歌集『まぼろしの椅子』（一九五六〈昭和三十一〉年）収載。

帰宅するのは深夜。暗闇のなか、指の先で玄関ドアの鍵穴のありかを探る。酔った指先はなかなか言うことをきいてくれない。あれこれ試みてやっと、穴に鍵が収まった。カチャッと冷たい音がしてドアが開く。私の三年間の単身赴任生活のひとこまです。

私の経験など、作者のつらく長い日々とは比較になりませんが、それでもこの歌を読んだときに一人で玄関の鍵を開けるときの寂しさがよみがえってきました。

作者は部屋のなかにいます。そこから玄関ドアの鍵が回され、扉を開けた「君」が「ただいま」と帰ってくるまぼろしを見ています。

ともに棲む家を出たまま、何か月も帰らない夫。君はいまでも持っているだろうかと問いかける「ドアの合鍵の一つ」は、作者が持っている鍵とまったく同じ形状と機能です。君と私の鍵でしか開かないこのドア。その合い鍵は、住みかを同じくする者としての証明であり、二人を夫婦として結びつける唯一最後のかたちあるものです。

二人の住みかとして、作者はまだこの家のことを思っています。いまは、片割れが飛んでいったまま帰らず、一羽が待つ鳥かごではあっても。

いずれは帰ってきてほしい。しかし、その願いはもはやかなえられないのではないか。希望と絶望のあいだに架けられた橋を行ったり来たりしながらも、君とまたここで暮らしたいという意志を、作者はまだ強くもっています。それが「持ちゐるらむか」にこめられています。問いかけのかたちをとった哀しい願いです。

夕刊を取りこみドアの鍵一つかけてしまへば夜の檻（おり）のなか

＊──『風水』（一九八六〈昭和六十一〉年）収載。

それから三十年後の歌集です。「ドアの鍵一つ」で、作者は世界と隔絶し、夜の檻のなかに一人の囚人としてみずからを収監します。ここには孤独のはてしない深さがあります。それが「一つ」ということばから伝わります。

「一つ」といえば、作者の代表作として歌集名にもなった歌があります。

かたはらにおく幻の椅子（いす）一つあくがれて待つ夜もなし今は

＊――『まぼろしの椅子』収載。

そのひとつの椅子に座るべきは、いまだ帰ってこない夫です。

「ドアの合鍵の一つ」「ドアの鍵一つ」「幻の椅子一つ」と、三首の掲載歌には、いずれも「一つ」ということばが使われています。この「一つ」に、作者は希望と絶望との複合的な意味を託しています。そこから作者のこんな声が聞こえてきそうです。希望はつねに絶望の梢に芽吹くのだ、と。

❖失恋の自分にくだす判決

失恋、それは大きな心の傷手（いたで）。そのとき歌人は自身にたいして何をしたのでしょうか。

失恋の〈われ〉をしばらく刑に処す　アイスクリーム断ちという刑

村木道彦（むらきみちひこ）

＊――歌集『天唇』（一九七四〈昭和四十九〉年）収載。

◇失恋の〈われ〉をしばらく刑に処す

裁判官が読みあげる判決文のような、かたくて重い響きです。何年、何か月といった具体的な時間を示さずに、「しばらく」と裁判官たる「われ」は言います。「長いと感じられるほどではないが、ある程度の時間を要するととらえられる様子」（新明解国語辞典）が「しばらく」です。失恋の傷手を癒すために要する「ある程度の時間」です。それにしても、自分で自分に刑を与えるとは。なぜ、傷ついた自分を責めさいなむのか。ふつうなら、罰するどころか人からケアされるほうでしょう。

刑罰といっても、死刑、鞭(むち)打ち、禁固、拘留(こうりゅう)、手鎖(てぐさり)、追放、遠島(えんとう)、罰金、財産没収、公権剥奪……とさまざまな刑があります。しかし、ただごとではありません。

◇アイスクリーム断ち

それが、アイスクリーム断ち、と言うのです。人を食った話ではありませんか。上の句を読んできた読者の心をおちょくるようなことばです。「なんだって。こんな刑罰ってあるか。まじめにうたえ」と、「まじめ」な読者の怒りを買いそうです。アイスクリームは、生きるうえで不可欠なものなのか。修行や願かけで、塩断ちや五穀断ちや茶断ちをする人に失礼ではないか。いったいこの人は、何を考えているのだろう。こう思ったことでした。

歌集のなかに、つぎの歌があることを知り、私は掲載歌を了解しました。

きみはきみばかりを愛しぼくはぼくばかりのおもいに逢う星の夜

二人のすれ違いが自己愛にあることへの気づきです。同時にそれは、恋愛における他者感覚の喪失という事実の発見でもあります。

ふたたびラ・ロシュフコーを引きます。

「愛の喜びは愛することにある。そして人は、相手に抱かせる情熱によってよりも、自分の抱く情熱によって幸福になるのである」

「恋人どうしがいっしょにいて少しも飽きないのは、ずっと自分のことばかり話しているからである」（ともに『ラ・ロシュフコー箴言集』より）

ラ・ロシュフコーは、恋愛という美しい行為の奥に潜む、自己愛の存在をえぐり出します。村木道彦は、それをソフトにロマンティックに、かつライトに表現します。フランス・モラリストの箴言を、作者は短歌という文体に変換しました。

自分たちの恋は双交通ではなく、単交通でしかないことに気づいていながら「ぼく」は恋人と逢う。またたく星の下で、二人は際限のないモノローグの応酬をします。そのすれ違いの必然的な帰結としての別れ・失恋が待ちうけています。作者はそのことを予感しています。

単交通のままで終わってしまった自分の恋へのあきらめの感情。とうとうほんとうに心を通わせることができなかったことのむなしさと寂しさ。そんな思いが掲載歌の奥に潜んでいるのではないでしょうか。

恋は自己愛の産物。だから失恋はそれほど重大なことではない。生きるか死ぬかの深刻な問題じゃないよ。失恋の傷だってそんなに深くはないじゃないか。これくらいのこと平気だよ。しばらくアイスクリームを我慢すればいいんだよ、と自分に言い聞かせていま す。原告も被告も裁判官も弁護人も傍聴人も、その法廷にいる者はみな、われ、です。正確に言えば、被告は掲載歌での括弧（かっこ）つきの〈われ〉です。

そしてこうもうたいます。

するだろう　ぼくをすてたるものがたりマシュマロくちにほおばりながら

彼女は「マシュマロくちにほおばりながら」、終わった恋の一部始終を友だちに楽しそうに話すだろう。彼女にとってもそれくらいのふわふわした軽い恋だったのさ、と。「ぼく」をふった女は、口のなかをマシュマロでいっぱいにし、ふられた「ぼく」は、ちょっとのあいだアイスクリームを我慢する。二人の恋もまた、この菓子のようなものだったのでしょう。

本来、当事者にとって失恋は深刻な心の問題です。それは作者にとっても同様でしょう。しかし、この事態に遭遇したときに、思考の堂々めぐりにおちいり、ますます傷口を広げ、自分自身を袋小路に追いつめるような状況を回避するための安全装置、すなわち軽やかでしなやかでしたたかな思考回路を、この歌は提示しています。

❖ **課　題——16**

遊びです。この**歌**を**裁判所**の**判決文**にリライトしましょう。左の**判決文**の「**事実及び理由**」の**部分**を、この**短歌**から**想像**をふくらませて**書**いてみましょう。

○○○○年○号　恋愛に係る行為等の処罰に関する法律違反被告事件

判　決

○県○市○区○町

原告　われ

○県○市○区○町

被告　〈われ〉

主　文

被告を、しばらくの間、アイスクリーム断ちの刑に処する。

事実及び理由

例

当初は恋人「乙」に対し紳士的であった「甲」であるが、やがて緊張感を忘れ、デイトの約束を一方的に反故（ほご）にしたり、待ち合わせ時間に大幅に遅れたりという行為を繰り返し、また乙の感情を慮（おもんばか）ることなく、乙に対して一方的かつ理不尽な要求を繰り返す日々が続いた。

〇年〇月〇日、乙は甲に対し、「恋愛関係法七十七条」による交際契約解除の意思表示を行った。この意思表示は認められる。

七十七条によると、交際契約における「破局」の原因となるものに対し、故意または重過失があると認められる場合、その度合いによっては刑事的責任を追及される。

本件においては、甲のすみやかな社会復帰を考慮し教育的見地に立って、日ごろから甲が好んで食しているアイスクリームを一定期間断つことを命ずる。

［美咲さん］

〇〇〇〇年〇月〇日
〇〇裁判所

裁判所書記官　われ

❖思いとどまって書くラヴ・レター

いったん離婚を決意し、離婚届を書きながら、頭のなかに去来するのは、どんな思いでしょうか。

離婚届　谷川俊太郎（たにかわしゅんたろう）

おまえに黙って区役所にゆき
ぼくは離婚届の用紙をもらってきた
おまえが眠ってしまったあとで
うすっぺらのその紙に
ぼくは憶えているだけのことを書きこんだ
七年前の二人の結婚式の日付も
あの日は底ぬけにいい天気で
ぼくらは教会の芝生（しばふ）の上で写真をとった

それからぼくはその紙でヒコーキを折った
うすいのでそれはちっとも飛ばなくて
眠っているおまえのお尻の上に墜落した
もういちどその紙をひろげ
ぼくは自分の几帳面(きちょうめん)なペン字をみつめた
それを丸めて便所に捨て
ぼくは眠った
おまえの隣で

*――『うつむく青年』(一九七一〈昭和四十六〉年)収載。

結婚をスタートさせたあの日は「底ぬけにいい天気」でした。家族や友人からの祝福を受けた「ぼく」の弾む心と、これからの生活への希望と期待とを象徴しています。ところが結婚して七年がたち、いつのまにか二人の関係が澱(よど)み、水垢(みずあか)が生じ、錆(さび)が浮いてきました。「ぼく」はなぜ「おまえ」と結婚生活を続けているのだろうか。いまの「おまえ」との生活の意味を問うています。

離婚届に書き込む行為をとおして「ぼく」は、結婚式の日の記憶をはじめとした七年間をふりかえります。それは七年間を二人にとっての意味ある時間として受けとめ、評価し、「おまえ」との八年目を踏みだすための通過儀礼なのです。今夜、「ぼく」が「おまえ」のとなりで眠るためには、この儀式が必要でした。

離婚するだけの気力も希望もなく、このまま絶望のレールを滑ってゆく結婚があれば、絶望の先に咲く希望に賭けた離婚もあります。「ぼく」は、これらとは違った道を選びました。

日々の生活のなかで生じる小さなほころび。結婚は、そのときどきの小さなほころびをそのつどていねいに二人で繕う仕事をとおして、未来をデザインし、希望を紡ぐ営為ではないでしょうか。

この詩は、「おまえ」との時間を肯定し、これからもともに生きていこうとする意志の表明であり、「おまえ」への逆説的な愛情の表現です。「おまえ」に届け、希望を「おまえ」と紡ぐために書かれた詩です。だから「おまえ」ということばは、「妻」とは置きかえ不可能なのです。妻や恋人を手放しで讃えるのではない、屈折した愛情表現に共感する「大人」は多いでしょう。

子どものころ、紙ヒコーキがはやりました。昼休み、よく友だちと折って飛ばしました。メモ用紙から色紙、破ったノート、はてはテストの答案用紙まで（先生に見つかったら不謹慎だと叱られるので、これは密かな冒険でした）、さまざまな紙をヒコーキにして飛ばしました。羽に反りをつけたり、頭の部分を折り込んで少し重くしたりと、折り方にもさまざまにくふうを凝らして少しでも遠くまで飛ばそうと仲間で競いあいました。

飛ばすのは、教室や廊下で。そして教室の窓から運動場に向けて。晴天の運動場を白い紙ヒコーキが風に乗って飛ぶ風景は、学校の原風景のひとつです。

答案用紙に空欄が多いほど、その紙ヒコーキはよく飛びました。だから、私の紙ヒコーキで、いちばん高く、遠くまで飛んだのは数学でした。高校になると物理が加わりました。生徒は紙ヒコーキでわからないことのもどかしさ、哀しみと諦念とを飛ばしました。

谷川さんが書き込んだ離婚届で紙ヒコーキを飛ばしたのは、その「帳消し」の行為ではなかったでしょうか。リセットです。そして、それは眠っている「おまえ」のお尻に墜落したのです。

この詩集『うつむく青年』が出された一九七一年、私は中学二年生。紙ヒコーキを飛ばした「ぼく」の行為に強く共感します。やはり最後はこうなったのか、と。

❖ **課　題――17**

「おまえ」たる妻は、この詩を読んで、何を思うでしょうか。この詩を読んだ「おまえ」のつぶやきを書きましょう。

たとえば……。翌朝の食事のとき、「ぼく」は「おまえ」にこの詩を渡しました。コーヒーを飲みながら、「おまえ」はこの詩を読んでいます。それから「おまえ」は、「ぼく」のまえでこんな詩を書きました。

「離婚届」を書いたあなたへ

わたしはあなたから聞かされた
わたしに黙って区役所にゆき
あなたは離婚届の用紙をもらってきたと
わたしが眠ってしまったのを見届けて
あなたは書き始めた
わたしとの覚えているかぎりのことをその用紙に書きこんだと

あなたのことだから一字一字丹念に書いたことでしょう
七年前の二人の結婚式のことも書いたそうな
まさかあの日のことも書いたんじゃないでしょうね
それからあなたはその紙でヒコーキを折って飛ばしたと
わたしはぐっすり眠っていたので
それがわたしのお尻の上に墜落したなんてちっともわからなかった
ヒコーキが飛ばなかったのは
薄っぺらな紙のせいばかりじゃなくて
不器用なあなたの折り方がまずかったからじゃないかしら
わたしが眠っているあいだに
あなたがしたことを
わたしはぜんぜん知らないけれど
朝、わたしが起きたとき
あなたはいつものように
わたしの隣でまだぐっすりと眠っていた
幸せそうに

第六章 なつかしむ恋

❖ぎしぎしと林檎を裂いたあの日

思い出は赤き林檎よぎしぎしと二つに裂きて食べて別れき

山崎方代（やまざきほうだい）

＊——歌集『こおろぎ』（一九八〇〈昭和五十五〉年）収載。

思いを寄せる女性の目のまえで、力まかせに林檎を裂く。相手への思いを断ちきるかのように。高ぶった心が「ぎしぎしと二つに裂きて」に表れています。そして片方を相手に与え、いっしょに食べる。それが別れの儀式でした。

やがて時の経過とともにそのときの感情は鎮められ、「赤き林檎」の大切な思い出としてなつかしさをこめてうたっています。そんな気持ちが終助詞の「よ」にこめられています。

ふりかえってみましょう。藤村「初恋」でうたわれた林檎「薄紅の秋の実」は恋のはじまりに登場し、その成就の象徴となりました（第一章）。対する掲載歌は、恋の終わりと別れを象徴する果実として登場します。

また第三章でとりあげた「接吻を知りそめし唇林檎食む」（檜紀代）での林檎は、キスを知った女性が、幸福感に浸って食べる果物でした。その赤い色も、甘酸っぱい香りも同じですが、「ぎしぎしと二つに裂」いた林檎は、いったいどんな味がしたのでしょうか。裂いた林檎の片方を渡された相手は、どんな気持ちで食べたのでしょうか。

山崎方代の歌が好きです。あたたかさと哀しさとなつかしさ。そしてさりげないユーモア。歌集を読んでいると、いつのまにか作者の感情と共鳴している自分の感情に気づきます。そんななつかしい歌をいくつか紹介します。

雨もりのしみさえあなたの顔にみえ今日のうつつにこがれゆくなり
ひざまずくわれにほのけきおみなごは春のかすみの果てにとけゆく
指先をのがれし蝶のもどかしく吾が初恋はここに終れり

（以上『右左口』）

一度だけ本当の恋がありまして南天の実が知っております　（『こおろぎ』）

地上より消えゆくときも人間は暗き秘密を一つ持つべし　（『方代』）

❖命がけの恋に生きた日々

つぎは真砂女（まさじょ）です。雌雄の蛍に、作者はあのとき愛しあった二人の姿を重ねています。

恋を得て蛍は草に沈みけり　鈴木真砂女（すずきまさじょ）

＊――一九九二（平成四）年、作者八十六歳のときの句。句集『都鳥』（一九九四〈平成六〉年）収載。季語「蛍」で夏。

冷たい青緑の光を明滅させながら飛びかう一匹の雄の蛍が、草葉に光る雌を見つけて近づいてきました。つがった二匹は、やがて草むらのなかに消えていきます。残るのは、いっそうの深さ、静けさをたたえ、なまめかしささえ漂わせた闇。

この句の、一句置いたあとに置かれているのが、

死なうかと囁(ささや)かれしは蛍の夜

いずれも追憶のなかの恋です。

鈴木真砂女（一九〇六年―二〇〇三年）は、千葉の鴨川に生まれました。家は「吉田屋」という旅館を経営していました。恋愛結婚した最初の夫は失踪(しっそう)。その後、旅館の女将(おかみ)であった姉が急死。家業の存続のために義兄と再婚し、女将となります。ところが、旅館に泊まった海軍士官と恋に落ちます。相手には妻がいました。そして、出征する恋人のあとを追って長崎へ出奔(しゅっぽん)。その後、夫（義兄）のもとに戻るも五十歳のとき離婚。上京し、銀座で小料理屋を始めました。波乱に満ちた九十六歳の生涯でした。

命がけの恋に生きた日々を回想しつつ、いまを詠(よ)んだ作品を紹介します。

いつの日よりか恋文書かず障子(しょうじ)貼る

（『卯浪』。季語「障子貼る」で秋）

泣きし過去鈴虫飼ひて泣かぬ今　（『夏帯』。季語「鈴虫」で秋）

人と遂(つい)に死ねずじまひや木(こ)の葉髪(はがみ)　（同。季語「木の葉髪」で冬）

遠き遠き恋が見ゆるよ冬の波　（『都鳥』。季語「冬の波」で冬）

とほのくは愛のみならず夕蛍　（『夕蛍』。季語「夕蛍」で夏）

かのことは夢まぼろしか秋の蝶　（『紫木蓮』。季語「秋の蝶」で秋）

愛されしこともありけり蠅叩く　（同。季語「蠅」で夏）

そして、

来てみれば花野の果ては海なりし

季語「花野」で秋。第七句集『紫木蓮（しもくれん）』（一九九八〈平成十〉年）冒頭に置かれている句。作者の人生を象徴しているような句です。自分が生きてきた九十二年の人生は花野。その果てに来てみれば、海であった。秋の花ばなが咲いている野原を背に、海を見ている作者。どんな海でしょう。私には青々と澄みわたった海が見えます。水平線のかなたに、作者はどんな思いを馳せているのでしょうか。

❖記憶を呼びさます花の香り

ある匂いとある経験とが強く結びついた記憶が、あなたにはありませんか。

さつきまつ花たちばなの香（か）をかげば昔の人の袖（そで）の香（か）ぞする

詠み人知らず

【通釈】夏の五月を待って咲く花橘（はなたちばな）の香りをかぐと、もと知っていた人の袖の香りがする思いだ。

（『古今和歌集　新日本古典文学大系』）

＊――『古今和歌集』「巻第三　夏歌」収載。
＊＊――さつき（五月・皐月）……陰暦五月の異名。陽暦の六月ごろにあたります。
花橘……橘の花。橘はミカン科の常緑低木で、六月ごろ、直径二センチの香り高い白い花を開きます。

花橘の「ほのぼのと甘美な昔の恋人の追憶を誘う花」（『日本大歳時記』）のイメージは、この歌によって形成されました。花橘は、梅雨のころに咲きます。雨と曇り空の続く日々、五弁の白い花がかぐわしい匂いでうっとうしい気分を晴らしてくれます。

「古今和歌集」で好きな歌は、と聞かれたら、私は真っ先にこの歌を挙げます。日本最初の勅撰和歌集です。撰者たちはたいへんな意気込みで、当今最高の質の歌を選りすぐり、熟考のもとに排列しました。私が最初に惹かれたのが、「巻第三　夏歌」の五番目に置かれたこの歌でした。なんと匂やかな歌でしょう。そして艶やかな歌でしょう。

昔の人、すなわち作者のかつての恋人と分かちがたく結びついているのが、花橘の香りです。恋のただなかで生じた複雑で幅広い感情（ときめき、喜び、不安、ときには嫉妬、まれに憎悪、ごくまれに呪詛……）と、恋人の衣に焚きしめられた花橘の香りとが強固に結びついています。その香りを嗅ぐと、昔（それが何年、何十年前であろうが）の記憶が、その人のしぐさや表情、その人と交わした愛のことば、そのときの情景とともに鮮明によみがえります。

かつて二人が共有した時間は、流れ去ってしまったのではない。雪のように降り積もっていたのです。万年雪のようにいまも溶けずに、作者の意識の底にある記憶が、花橘の香りに導かれて、ぽっかりと浮きあがってくる。

闇のなかから届く匂いは、昼間のときよりもずっと強く感じます。日の光の下、人の世界認識はほとんど視覚が支配しています。古典世界では、日が沈むと視覚の支配にとってかわって、聴覚をはじめとするほかの感覚が敏感になっていきます（そのことを、『枕草子』第一段は明解に語っています。「日入りはてて、風の音、虫の音など、はたいふべきにあらず」と）。

春の夜、道を歩いていたら、どこからか匂ってくる沈丁花の香りにはっとした経験がみなさんにもおありでしょう。とたんに春の闇がなまめかしさを帯びて。

この歌も、詠まれたときを夜だと設定したら、どうでしょうか。花橘の香りは、湿り気を帯びた夜の闇のかなたから匂ってくると。

作者が「昔の人」すなわち恋人の袖の香りをかいだのは、その人との逢瀬においてではなかったのでしょうか。夜、ほとんど闇に近い薄暗がりのもとでの逢瀬で、あの人の袖から花橘の香りがそこはかとなく漂っていた。そのときの記憶を、闇の向こうから届く花橘の香りが呼びさましたのではないか、と。

❖課題——18

あなたの、**香**りにまつわる**記憶**はありませんか。あのときの、あの**人**との、あの**香**りの**思**い**出**を**詩歌**に**詠**んでみませんか。

【生徒作品……課題18】

空港の到着ロビーで待つ君は真白きシャツにシャボンの匂い

［恵子さん］

❖別れし人に歌で連なる

つぎは連歌をとりあげます。連歌は、「和歌の上句と下句に相当する五・七・五の長句と七・七の短句との唱和を基本とする詩歌の形態」（広辞苑）です。万葉集の尼（あま）と大伴家持（おおとものやかもち）との唱和の歌に始まり、平安鎌倉を経て室町時代に最盛期を迎え、江戸時代の俳諧のもとをなしました。つづけうた、つらねうたともよばれます。

前句　別れし人の遠き面影（おもかげ）

付句　角田川（すみだがわ）舟待つ暮（くれ）に袖（そで）濡れて　心敬（しんけい）

＊――心敬は、室町時代中期の天台宗の僧侶、連歌師（一四〇六〈応永一三〉年――一四七五〈文明七〉年）。主著は連歌論書『ささめごと』。この句が収められた『救済・周阿・心敬連歌合』（一四六八〈応仁二〉年）は、同一の前句百句に、それぞれ救済・周阿・心敬の三人が付句を一句ずつ試みたもの。

※——本稿の解説は、宮脇真彦『芭蕉の方法』（二〇〇二年）に拠っています。

前句を見ていきましょう。

「別れし人」は、かつて作者と親しい間柄にあった人です。どのような関係にあったのでしょうか。二人のあいだにはさまざまな出来事があったことでしょう。「別る」には、「分離する」「別れを告げて離れ去る」に加え、「死別する」という意味もあります。その人は、いまはこの世にいない人かもしれません。わずか七七、十四音のことばが、読み手をさまざまな想像にいざないます。「別れし人」をどうかたどるか。それは付句（つけく）の詠み手にゆだねられています。

「面影」とは「現実ではなく、想像や思い出の中にありありと現れる顔や姿」（岩波古語辞典）です。「遠き」には、空間的な隔たりと同時に、時間的な隔たりをもふくんでいます。作者と親しくしていたけれど、やがて時間的にも空間的にも遠く離れた人の姿が、いま作者の脳裏にありありとよみがえっています。

この前句に付けた心敬の句。大意は、「角田川で渡し船を待つ夕暮時、袖を濡らした」（宮脇前掲書）。これは『伊勢物語』「東下り（あずまくだ）り」の終わりの一節をふまえています。

原文はこうです。

なほゆきゆきて、武蔵の国と下つ総の国とのなかにいと大きなる河あり。それをすみだ河といふ。その河のほとりにむれゐて、思ひやれば、かぎりなく遠くも来にけるかな、とわびあへるに、渡守、「はや船に乗れ、日も暮れぬ」といふに、乗りて渡らむとするに、みな人ものわびしくて、京に思ふ人なきにしもあらず。さるをりしも、白き鳥の、はしとあしと赤き、鴫の大きさなる、水の上に遊びつつ魚を食ふ。京には見えぬ鳥なれば、みな人見しらず。渡守に問ひければ、「これなむ都鳥」といふを聞きて、

名にしおはばいざ言問はむみやこどりわが思ふ人はありやなしやと

とよめりければ、船こぞりて泣きにけり。

【現代語訳】

一行はなお旅をつづけてゆくと、武蔵の国と下総の国との間にたいそう大きな河がある。それをすみだ河というのである。その河のほとりに集りすわって、京に思いをはせると、果てしなく遠くも来てしまったなあ、という気持ちで悲しみあっているところに、すみだ河の渡しの船頭が、「早く船に乗れ、日が暮れてしまう」と言うので、乗って渡ろうとするが、人々は皆なんとなくつらい思いで、京に愛人が

いないわけではない。その姿が心に浮かんでくるような、そういう折も折、白い鳥で、くちばしと脚とが赤い、鴫ほどの大きさの鳥が、水上に遊びながら魚を食う。京には見られぬ鳥なので、だれも見知らない。船頭にたずねると、「これが都鳥じゃ」と言うのを聞いて、

名にしおはば……（「みやこ」という名を持っているのなら、みやこ鳥よ、さあおまえにたずねよう。私の愛する人はすこやかに暮しているかどうかと）

と詠んだところ、船中の人は、みな泣いてしまった。

（『伊勢物語　新編日本古典文学全集』〈小学館〉より）

高校の古典で学んだ思い出がよみがえってきませんか。

自分を不要な存在と思った主人公、在原業平（ありわらのなりひら）が友と連れだって、京を離れて東国に「住むべき国」を求めて行った話でした。

心敬は、この場面を付句に詠みました。「別れし人」を「京に別れてきた恋人」とし、「空間的に京からはかけ離れた地で遙かに京にいる恋人を偲ぶ様子」を表したのです。彼はこうして「王朝の貴公子たちの旅の嘆き・恋人への思い」を立ちあがらせ「侘びしくも華やかな世界」（宮脇前掲書）を読者のまえに現前させました。いわば「東下り」を、連歌

の形式でリライトしたのです。

「別れし人の遠き面影」は、『伊勢物語』の「東下り」の具体的な場と人とを得て、五百四十年後の読者の脳裏にも鮮やかな像を結びます。付句による歌の世界の変化生成。連歌を読む楽しみのひとつがここにあります。同時に、連歌を詠む楽しみも。

❖ **課　題——19**

こんどはあなたが「別れし人の遠き面影」を前句に、あなた自身の付句を詠んでみませんか。

「別れし人」は、人生の齢を重ねるごとに、一人、二人と増えていきます。あなたの記憶のなかにあって、ふとありありと姿が現れる「別れし人」はいませんか。その人を思い浮かべ、その人とともにあった時間の記憶を五七五で綴ってください。そして「別れし人の遠き面影」の、あなたの物語をつくってください。

前句　別れし人の遠き面影

付句

【生徒作品……課題19】

前句　別れし人の遠き面影

見舞うたび痩身（そうしん）起こし送り来る　［和子さん］

共に居た部屋をガラリと模様替え　［同］

冬の日にふたりの手と手にぎってた　［茂さん］

北風に怒ったように駆けていく　［洋子さん］

◉――「面影」をうたうのは想像力。時を経るごとに薄れゆく記憶があります。反対に、時を経るごとにいよいよ生々しく、小さな部分がリアルに定着されている記憶もあります。「遠き」には、①時間的な遠さ、②空間的な遠さ、③心理的な遠さ、があります。それぞれの付句に表された「遠さ」はどれでしょう。

❖いつの日かまた会うまでの別れの歌

時間が世を変え人を変え、私を変えてくれる。その積極的な力を待つ気持ちは、あなたにもありませんか。

時を経て相逢（あいあ）ふことのもしあらば語ることばもうつくしからん
尾崎左永子（おざきさえこ）

＊――第一歌集『さるびあ街』（一九五七〈昭和三十二〉年）収載。

私は、この歌を、作者の「私」が青春時代に出会った異性「あなた」との関係の終わりに詠んだ歌として受けとります。

あなたと別れてからそんなに時間はたっていません。あのときのとげとげしいことばの応酬、その感情は私の胸にまだ生々しく、ひりひりと痛む。怒り、哀しみ、嫌悪、憎悪。

そんな負の感情も癒えていないのです。

しかし私は、私自身の変化に未来への希望を投影します。

私は、あなたとの再会を願ってはいません。この先、永遠に別れたきり、二度と会うことはないでしょう。ただ、再会のわずかな可能性を感じてはいます。それが万が一実現するならば、そのときの私はいまとは別の私。成熟し、穏やかに、過去の出来事をなつかしい風景として受けとめることができるようになった私。いまの私は、未来の私にそんな期待を抱いています。それは同時に、あなたの成熟と変化への期待でもあります。

私は、時間の経過がいまの感情を忘却させ、濾過し、なつかしい感情へ変化させてくれることを知っています。いまのあなたとの軋轢と別れも、やがてはなつかしい思い出として、きちんとたたまれて心のひきだしのなかにしまわれてゆく。そのためには、時のなかで私が安定し、大人になっていくことが必要なのです。

「いまのいまは、あなたに美しいことばは語れない。しかし時間が、そのことばを美しくしてくれるでしょう。それまでさようなら。もっとも、偶然に再会すればの話だけれども」

時のもつ力への期待と自己の成熟への志を表していることば、それが助動詞「ん（む）」〈目前にないこと、まだ実現していないことについて予想し推量する意を表す〈大辞林〉〉

です。

「語ることば〈も〉うつくしからん」の「も」が暗示することは何でしょうか。「うつくし」いものが「語ることば」以外にある。しかも、もっと大事なものが。それはほかならぬ「私自身」です。容色（ようしょく）ではなく、もっと人間の本質に根ざした美しさを獲得しようとする意志を、私はこの「も」にみます。たとえば、樫樽（かしだる）のなかに眠るウイスキーの原酒が、時間の経過とともに琥珀色を深めていく美しさ、すなわち熟成です。

同じ歌集にあるつぎの歌とあわせて読むと、この歌の陰影がさらに深くなります。


戦争に失ひしもののひとつにてリボンの長き麦藁（むぎわら）帽子

戦争で多くのものを失った。そのひとつとしてある麦藁帽子。作者のなかには、帽子とともにあったあの時代のさまざまな出来事が思い出としてたたまれています。長いリボンで飾られたそれは、青春時代の象徴です。「あなた」との関係も、「私」の青春期に結ばれ、その終わりとともに消滅しました。あるいは「あなた」は、リボンの長き麦藁帽子と同様、「私」の青春そのものだったのかもしれません。

三十三年後に出された第二歌集において、作者はこううたいます。

人おのおの生きて苦しむさもあらばあれ絢爛(けんらん)として生きんとぞ思ふ

＊——第二歌集『彩紅帖』（一九九〇〈平成二〉年）収載。

「時を経て」の歌は、「私」がその後「絢爛として生き」ようとする人生の予兆を示す歌として読めるのではないでしょうか。「絢爛として生き」る時間が、「語ることばもうつくし」くするのです。こんなことを想像します。もしこのときに、三十三年ぶりにあの人と再会したら、「私」はどんな「うつくし」いことばを語ったであろうか、と。

❖**課題——20**

あなたにもこのような**別れ**の**経験**がありませんか。その**経験**をふまえ、**作者**の**上**の**句**を**借**りて、あなたのいまの**気持**ちを**七七**で**詠**んでみませんか。

あなたの年代によって、つぎの二通りの詠み方のいずれかを選択してください。

①二十代のあなたが、五十代の自分に向けて詠む。本歌と同じスタンス。もし、いましがた別れたあの人に三十年後に逢うことがあるならば、あなたはどうする？

②熟年世代のあなたが、いまの気持ちを詠む。三十年前に別れた人と、いま、再会することになるならば、あなたはどうする？

例　②のスタンスで詠んだもの。

時を経て相逢ふことのもしあらば　君に借りたるチェーホフ返さむ

時を経て相逢ふことのもしあらば

【生徒作品……課題20】

〈①のスタンスで詠む〉

時を経て相逢ふことのもしあらば

コーヒー一杯おごってくれるね　［美咲さん］

貸した千円　返してもらわん　［誠さん］

〈②のスタンスで詠む〉

時を経て相逢ふことのもしあらば

ボブ・ディランの歌ふたりで聴かむ　［洋子さん］

互いの老いを笑い語らむ　［同］

ジョーン・バエズを共に歌わむ　［和子さん］

半畳（はんじょう）入れつつのろけを聞かむ　［同］

ジョー・ヒルのうた君とうたわむ　［茂さん］

春の河原で小石ひろわむ　［同］

◉——詠み込まれたのはアメリカのフォーク歌手。時代精神の象徴であったかれらがとりあげられたのは偶然ではありません。当時、かれらは「神様」でした。音楽にまつわる記憶の強さをあらためて感じます。たとえば「死刑台のメロディー」の主題歌をうたうジョーン・バエズの強くてまっすぐな声を聴くと、友だちとサッコ・バンゼッティ事件を描いたこの映画を見ながら抱いた憤りの感情がよみがえります。洋子さんは、ボブ・ディランを、青春時代を分けあった人とふたたび聴くことはありますまい。だからこそ、彼の歌声はますますしょっぱく聴こえるのです。

歌詠みの恋文〈3〉——芥川龍之介

……東京がこいしくなると云うのは、東京の町がこいしくなるばかりではありません。東京にいる人もこいしくなるのです。そう云う時に僕は時々文ちゃんの事を思い出します。文ちゃんを貰いたいと云う事を、僕が兄さんに話してから何年になるでしょう……。貰いたい理由はたった一つあるきりです。そうしてその理由は僕は文ちゃんが好きだと云う事です。勿論昔から好きでした。今でも好きです。その外に何も理由はありません。僕は世間の人のように結婚と云う事と、いろいろな生活上の便宜と云う事とを一つにして考える事の出来ない人間です。……世間の人間はいい加減な見合いといい加減な身もとしらべとで造作なく結婚しています。僕にはそれが出来ません。……兎に角僕が文ちゃんを貰うか貰わないかと云う事は全く文ちゃん次第できまる事なのです。……僕のやっている商売は今の日本で一番金にならない商売です。その上、僕自身も碌に金はありません。ですから生活の程度から云えば何時までたっても知れたものです。それから僕はからだもあたまもあまり上等に出来上がっていません（あたまの方は、それでもまだ少しは自信があります）。うちには父、母、伯母と、としよりが三人います。それでよければ来て下さい。僕には文ちゃん自身の口からかざり気のない返事を聞きたいと思っています。繰返して書きますが、理由は一つしかありません。僕は文ちゃんが好きです。それだけでよければ来て下さい。

一九一六（大正五）年八月二十五日朝　一の宮町海岸一宮館にて

◉――芥川龍之介が、友人の山本喜誉司（きよし）の姉の娘、塚本文に宛てた手紙。芥川の求婚の手紙として有名です。八歳年下の文（ふみ）と、一九一八（大正七）年二月二日に結婚しました。彼女への愛情を率直に述べ、深い気遣いも伝わってきます。この手紙をもらったとき、文はまだ十六歳でした。全文が紹介できないのが残念ですが、文に宛てた何通もの手紙は、いずれも芥川の真率な感情と彼女への思いやりに満ちています。『芥川竜之介書簡集』（岩波文庫）で読むことができます。

「余技」と言いながら、芥川は繊細な感性で詠まれた俳句、短歌、詩を残しています。つぎの歌は、新しい月が訪れた日、鎌倉の地に咲く春の花々に寄せてフィアンセへの思いを詠んだもの。

はつはつにさける菜たねの花つめばわが思ふ子ははるかなるかも
はるかなる人を思へと白桃の砂にほのけく咲けるならじか
山のべの白玉椿（しらたまつばき）葉がくりに我が人恋ふる白玉椿
篁（たかむら）にまじれる梅の漢（から）めきてにほふにも猶（なお）人をこそ思へ

（一九一七〈大正六〉年三月一日付、鎌倉海岸通からの手紙より）

第七章　夫婦の愛

❖一日の労働の終わりに

夫婦をつなぐものは労働。ひとつことに流す汗が夫婦の絆を確かにします。

トレーラーに千個の南瓜（かぼちゃ）と妻を積み霧に濡れつつ野をもどりきぬ　時田則雄（ときたのりお）

＊――『北方論』（一九八一〈昭和五十六〉年）収載。作者は、十勝（とかち）で農場を経営しながら、農業や家族をテーマに歌をうたう。

南瓜を抱えたことがありますか。春夏秋の太陽と雨と風と大地の養分を蓄えれば、ずっしりと重くなります。

夏の太陽がかっと照りつける畑で、南瓜はおし黙ったままごろごろしています。ときに南瓜の葉陰からキチキチバッタが飛びたって、静寂を破ります。夏の日の南瓜畑の風景は、私の少年時代の記憶に刻まれています。

あの重さを記憶する私には、夫婦が二人で一日に一千個の南瓜を収穫するとは、途方もない労働に思えます。一千個はただならぬ数です。また、これだけの南瓜を栽培する畑も途方もなく広い。

◇妻を積み

妻は南瓜と同じモノ扱いか、と思われますか。いえいえ、作者とともに汗する妻です。だからこそ、このことばが使えるのです。また、ここからユーモアも生まれます。日々の苦楽をともにする妻だからこそ、このことばが衒(てら)いも照れも違和感もなく使えるのです。そこにあるのは、自立した職業人のたくましさと確かな存在感、そして自身が選びとった人生への矜持(きょうじ)です。人生を肯定して生きる姿のなんとまぶしいこと。妻はきっと、このことばを選んだ夫にほほえみで応えていることでしょう。

それは南瓜にとっても同じです。南瓜もたんなるモノにおとしめられているのではありません。種子からここまでの長い時間を、夫婦で丹精こめて育てあげました。それは妻と作者の共同制作による作品です。

私は、同じ歌集のなかのつぎの歌を読んで、「妻を積み」が腑に落ちました。

指をもて選（すぐ）りたる種子十万粒芽ばえれば声をあげて妻呼ぶ

妻とわれの農場いちめん萌（も）えたれば蝶は空よりあふれてきたり

二万株の南瓜（かぼちゃ）に水をそそぐ妻麦藁（むぎわら）帽を風にそよがせ

◇霧にぬれつつ野をもどりきぬ

夕霧です。朝から始まった労働の終わりを物語っています。一日の仕事を終えた充実感と安堵感、そして労働をつうじて得た確かな生の手応えも。このあとには、夕餉（ゆうげ）が待っています。それはさぞかし楽しい時間であることでしょう。昼の夫婦の労働が、夜の深く豊かな時間を準備するのです。

❖永遠の妻恋

青年の心で、妻を終生愛しつづけた詩人の、妻への賛歌に耳を傾けてみましょう。

空は太初の青さ妻より林檎うく　中村草田男

＊――『来し方行方』（一九四七〈昭和二十二〉年）収載。作者四十五歳のときの作。「うく」は受けとる。季語「林檎」で秋。

この句から私は、いくつかのことを想起します。

まず、旧約聖書創世記、楽園のアダムとイブの描かれた絵画です。名だたる画家による絵が浮かびます。ミケランジェロ、ブリューゲルとルーベンス、デューラー、クラナッハ……そしてクリムト。

「空は太初の青さ」――真っ青に澄みわたってどこまでも高くおおらかな秋の空です。遠くの風景も、秋の澄んだ大気のなかで鮮明に見えています。それは天地開闢のときのまま、現在に続いています。見上げると、人の心は青空のかなたへ吸い込まれそうです。この空はそのまま宇宙へとつながっています。はるかな太古からの時間と空間へ切れ目なく。

この初句から想起するのが、谷川俊太郎の詩のことばです。

「あの青い空の波の音が聞えるあたりに／何かとんでもないおとし物を／僕はしてきてしまつたらしい」（「かなしみ」）
「空の青さをみつめていると／私に帰るところがあるような気がする」（「空の青さをみつめていると」）

詩人がうたうのは、青空に託したはるかなものへのあこがれ。その青空の先は現在と過去とが融合するところです。草田男の句も、ここで響きあっています。

この夫婦は、青空の世界の下で林檎の授受をおこないます。妻は夫へ林檎を渡す。夫はそれを掌に受ける。林檎は、空の青にその赤さを弾ませています。その色彩の対比の鮮やかさは、そのまま空と人の心の明るさでもあります。

ここでもひとつの詩を想起します。藤村の「初恋」です。「君」から「われ」への「薄紅の秋の実」の受け渡しの場面ですね。（もしかしたら作者も、この詩を意識していたのではないかしら。）淡い恋心を託して少年少女が受け渡した林檎は、五十年後に、永遠の恋人である妻から作者に受け渡されました。初恋の時期よりはるかに強く確かな紐帯です。その紐帯は、二人が共有した歴史と、ともに生きぬこうとする現在（いま）によって強固なものになっています。

草田男ほど、愛する妻を俳句によって鑽仰した人はおりますまい。結婚当初からの妻への深い愛は、終生、変わることがありませんでした。青年草田男の恋は永遠に続いたのです。

作者は、人生のときどきにおいて妻への恋心をうたっています。

妻二夜（ふよ）あらず二夜の天の川　（『火の島』。季語「天の川」で秋）

吾妻（あづま）かの三日月ほどの吾子（あこ）胎（やど）すか　（同。季語「三日月」で秋）

妻抱かな春昼（しゅんちゅう）の砂利（じゃり）踏みて帰る　（同。季語「春昼」で春）

妻恋し炎天の岩石もて撃ち　（同。季語「炎天」で夏）

虹に謝（しゃ）す妻よりほかに女知らず　（『万緑』。季語「虹」で夏）

奪ひ得ぬ夫婦（めおと）の恋や水仙花　（『来し方行方』。季語「水仙花」で冬）

作者の妻恋は、その永遠性において空の青さと通いあっています。私は、妻への恋心をこれほど率直に、むしろあけすけに、詠んだ俳人をほかに知りません。

これらの妻への衒わない愛のことばは、やがて二人がはぐくんだ新しい生命への賛歌へとまっすぐにつながっていきます。

万緑の中や吾子の歯生え初むる　（『火の島』。季語「万緑」で夏）

教科書にも長年にわたってとられ、作者一代の句としてもっとも人口に膾炙している句です。子どもの命への賛歌をいくつか紹介します。

桜の実紅経てむらさき吾子生る　（『火の島』。季語「桜の実」で夏）

生れて十日生命が赤し風まぶし　（『銀河依然』。季語「風まぶし」で春）

あかんぼの舌の強さや飛び飛ぶ雪　（『火の島』。季語「雪」で冬）

赤んぼの五指がつかみしセルの肩　（同。季語「セル」で夏）

*――セルは「オランダ語のセージを語源とする薄手のウールのこと。初夏の和服に用いられる」（『合本　俳句歳時記　第三版』〈角川書店〉）。

私は、俳句の授業で〈万緑〉の句を扱うときには、あわせて妻恋の句をどれかひとつ扱ってほしいと思います。そうすれば、〈万緑〉の句はいっそう陰影深く味わえることでしょう。

この項で挙げた句は、「愛」「家族」「命」の星座のなかのそれぞれの星として置かれ、句のおのおのがたがいに干渉し、増幅しあってひとつの星座としてのオーラを発しています。いわば、小さな光源がたがいを照らしあってクリスマスツリーのようにきらめいています。同じ星座のほかの星に照らされて、掲載句には陰影が生まれ、味わいを増すのです。そうして、純粋に素朴に一人の女性を愛しつづけた作者の精神の勁さ、健康さと高い倫理感に私は打たれます。

❖ただ一人の「君」を想う夕暮れ

夕暮れどき、あなたは何を思いますか。遠く離れた夫へのラヴ・コールに耳を澄ましてみましょう。

日のくれは君の恋しやなつかしや息ふさがるるここちこそすれ

与謝野晶子

＊──『さくら草』（一九一五〈大正四〉年）収載。

この歌は、四章「恋のまっただなかで」に置かれてもいいのかもしれません。与謝野晶子は、生涯をつうじて恋のまっただなかにいました。

この歌は、日本を離れて遠くフランスにいる「君」（夫・与謝野鉄幹）を思って詠んでいます。君への思いで身を焦がす作者。息ふさがるる（息がつまる）ほどの激しさです。青春時代の歌かと見まがうばかり。ところが、掲載歌がのった歌集が刊行されたとき、作者は三十八歳。「君」と結婚して十四年たっていました。このとき二人は八人もの子どもをもうけていました。

日の暮れ、といえば私は、堀口大學の詩「夕ぐれの時はよい時」を思い出します。

「夕ぐれの時はよい時、／かぎりなくやさしいひと時。／若さににほふ人々の為めには、／それは愛撫に満ちたひと時、／それはやさしさに溢れたひと時、／それは希望でいっぱいなひと時……」

仕事や家事や社交、陽光の下の人びととの往来で、昼間の時間は忙しさのなかで消費されていきます。やがて日は西に沈み、静けさをとりもどした世界に夕闇が迫ってきます。人びとは、闇のやさしさに包まれ、深い時間をもつのです。それは安らぎとくつろぎの時間であり、家族との団欒(だんらん)の時間であり、一日を静かにふりかえる時間です。

しかし、晶子の場合は違います。「君」のことが思われる。昼のあいだ、心の下に抑えていた恋心が動きはじめます。

この歌では、ひたすら恋しくなつかしい、そのことだけを述べています。恋焦がれる感情のみのあられもない表出です。恋に身もだえする時間、夫への情熱をたぎらす時間として夕暮れをデザインしました。夕暮れどきの彼女は、いつまでも青春のただなかにいるのです。

同じく『さくら草』で、彼女は夕暮れの風をうたいます。

銀のかぜ水晶の風わが思ふ男に似たる夕ぐれのかぜ

ここで『みだれ髪』の歌に戻りましょう。

なにとなく君に待たるるここちして出でし花野の夕月夜かな

＊――花野……花の咲いている秋の野辺（広辞苑）。

二十三歳の夕暮れ。「君」から待たれている気がした作者は、秋の花咲く野にさまよい出ました。夢のような美しい風景に、「君」へのあこがれを重ねます。それから十五年後の夕暮れ。「君」の帰りを待つ作者は、息がつまる思いで恋しさに耐えています。

晶子にとって鉄幹は、最後までただ一人の「君」でした。遺詠集『白桜集』（一九四二〈昭和十七〉年）を読むと、鉄幹がこの世から去ったあとも、追慕の情はみずみずしく、晶子の生涯にわたってただ一人の男性を愛しぬく姿に打たれます。それは、夫への挽歌を詠む行為が、彼女における喪の仕事（モーニング・ワーク）であることを物語っています。彼女は悲しみに明け暮れているのではありません。最愛の人を喪った悲しみをくり返し三十一音に縢ることによって、確かな足どりで日々を生きるための力を湧かせているのです。

恋心を不断にかきたてる作業を、晶子は生涯をつうじてたゆむことなく続けたのでした。それは、第一歌集『みだれ髪』から遺詠集『白桜集』まで、水脈のように続いています。

山山を若葉包めり世にあらば君が初夏われの初夏

（『白桜集』）

❖妻をおくる歌

長年連れだった伴侶との別れにさいして発した、愛する者への呼びかけを聞いてみましょう。

さまざまの七十年すごし今は見る最もうつくしき汝を柩に

土屋文明

＊――『青南後集』（一九八四〈昭和五十九〉年）収載。
＊＊――汝……妻テル子。一九一八（大正七）年、結婚。一九八二（昭和五十七）年、九十三歳で没。

妻の葬儀の場面です。

「最もうつくしき汝」に強く惹かれます。もっとも美しいのは、全存在としての汝です。作者は、美しさを、たんなる顔かたちに求めてはいません。七十年を、喜怒哀楽をともにして、激動の日本近代を生きぬいたおまえは、いまがいちばん美しい。そのおまえをいまから柩に納めるのだ。なんと深々とした挽歌でしょうか。納棺にさいして、死者にこんなことばをかける作者もまた、人として美しい。

愛する人の死に直面して、人は別離を嘆き、喪失を哀しむ。しかしここでは、死者への鑽仰のことばが響いています。それだけに、抑制された慟哭の響きがかすかに聞こえてきて、かえって読み手の心を打ちます。同時に、与えられた生を十分に生き、作者とともに七十年を生きぬいた同志を讃える詩として読めます。妻たる同志への尊敬と感謝とねぎらい。

作者はその後、妻を想ってつぎのような歌を詠んでいます。ともに『青南後集』から。

袷には下着重ねよとうるさく言ふ者もなくなりぬ素直に着よう

九十三の手足はかう重いものなのか思はざりき労らざりき過ぎぬ

そして妻の死から遅れて八年、作者は百歳の天寿を全うしました。
結婚前の相聞の歌です。第一歌集『ふゆくさ』（一九二五〈大正十四〉年）より。

久方のうすき光に匂ふ葉のひそかに人を思はしめつつ

西方に峡ひらけて夕あかし吾が恋ふる人の国の入り日か

春といへど今宵わが戸に風寒しわがこころづまさはりあるなよ

やがて彼女と結婚。新しい生活が始まりました。

寒き国に移りて秋の早ければ温泉の幸をたのむ妻かも

作者にとって、そのときどきの妻における「いま」がもっとも美しかった。その感性が、一人の女性を七十年にわたって愛しぬくことを可能にしたのだと思います。

❖**課　題**――21

あなたなら、**伴侶**への**想**いをどんなことばにしますか。**詩**、**短歌**、**俳句**、**好**きな**形式**で**詠**んでみましょう。

【生徒作品……課題21】

きがつけば今もあなたのそばにおり　［洋子さん］

われゆえに狂った女がひとりいて君と生きずにだれと生きるか　［茂さん］

来世まで続きはしない腐れ縁今日の喧嘩もすぐに思い出　［和子さん］

水玉のワンピース着て座ってた少女はやがてわが妻となる　［隆さん］

◉――ともに積み重ねてきた時間が、さまざまな色合いをもっていることを感じます。熟年を迎えてもみずみずしい感情。

補陀落（ふだらく）の花を眺めに行き給（たま）ふ　［真由美さん・40代］

◉――働き盛りの夫が彼岸（ひがん）へと旅立った。短冊にしたためられたこの句は、花に埋もれて柩（ひつぎ）に眠る夫の胸に置かれました。季語「花」で春。補陀落は、インド南端の海岸にある八角形で観音が住むという山（大辞林）。

フィクションとことわけ言ひて夫（つま）の詠む短歌（うた）は恋歌（こいうた）古稀過ぎの恋

声に出し藤村詩集読みをれば秋の夜長は人の恋しき

夫婦（ふたり）して登りし山道遥かなり手をさしのべる人は今なく

◉――幸子さん（80代）。数年前に夫を亡くされました。夫婦で短歌を詠んでこられたそうです。夫への挽歌はすなわち、夫と生きた五十年の回想と自己の生の確認。

恋歌に導かれての人生の旅がここまで来ました。思えば人は、さまざまな人との出会いと別れとをくり返しながら、何十年もかかってこの旅を生きるのですね。

ひとつの旅の終わりには、同時につぎの旅が準備されています。終着駅に降り立った人が、やがてそこを始発駅として新たな旅立ちをするように。

この本の目次に戻って恋の階梯をさらってみてください。そのとき、かすかななつかしさの感覚が生じたなら、そのわけを探す旅に、気のあっただれかを誘って出かけてみてはいかがでしょうか。

あとがき

文学を読み、そこから自分のことばを紡ぎだす。それを親しい人たちと読みあい、よみがえらせたなつかしさの感情を共有し、新しい一歩を踏みだす。――そんな本をイメージしました。水面に投じた小石が湖面全体に波紋を広げるように、みなさんのなかに新しい波動が生まれ、それが人びとのあいだに静かに伝わっていくことを願っています。

一昨年の秋、太郎次郎社エディタスから拙著『中学生のことばの授業　詩・短歌・俳句を作る、読む』を出していただきました。つぎのことばは、その反響のなかのひとつです。

「この授業記録を読んでると、ふだんは照れくさくて面と向かって言えないことばでも、詩歌にのせれば言えるんだな、と思えるんだよね」――本書が生まれたきっかけは、このことばにあります。

恋のことばは、言うほうは照れくさく、言われたほうはくすぐったい。しかし、詩歌表現の枠組み、すなわち型の力をもってすると、それが心安らかに表現でき、受容できる。そのための仕掛けを考えました。

私は当年とって五十五歳。恋心などいまは昔と思っていましたが、恋という心の動き、愛という感情の営みにおいて、ことばが光彩陸離たりえるのだと、この本をつくる仕事をとおして再認識したことでした。また、人は、大切にしていた人やものや出来事を喪（うしな）い、別れつつ、生きている。他者のみでなく自分自身との別れもあること。過去の経験、事実を詠んでいまを生きること。過去回想が、現在の生の充実と未来のデザインにつながってゆくことを、詩人たちによって教えられました。

じっさいの恋愛は、高度に複雑で繊細微妙なコミュニケーションの営みです。相手の心をその襞（ひだ）までも読む、自分の心を相手に届ける。じっさいにおいて私は、特定の女性とのこのような精神的営為は、とても苦手でした。そんな私が、このような本を書こうとは。面はゆい感情が先に立って、微苦笑しきりです。それでも、どうぞ私のたくらみにまんまと乗っていただいて、恋の佳什（かじゅう）を味わってください。

文学においては、唯一絶対の読みというものはありません。本書での私の読みを、詩歌を多義多解にひらくための読みのひとつとして、また、あなたが想像力を飛翔させいっそうゆたかな読みを引き出すための触媒としてとらえてください。あなたらしい読みが拓かれ、そこからあなたの詩のことばが紡がれ、人びととつながっていくことの愉悦を感じていただければ幸いです。

それぞれの課題についての作品を寄せていただいた方がたへ。

ほんとうにありがとうございました。みなさんの作品を読みながら、一人ひとりのお姿や来し方に思いを馳せました。しっとりとした歌、精神の躍動がじかに伝わってくる歌……どの作品からも、これまで生きてきたことへの矜持が放射されています。

最後になりますが、詩歌の選定に始まって、遅筆な私のわがままな（むしろ理不尽な）要求にいつも快く、かつ忍耐強く対応してくださった、太郎次郎社エディタスの北山理子さん、編集の漆谷伸人さんに感謝いたします。ありがとうございました。

二〇一二年春　　近藤　真

掲載作品（恋歌）一覧

＊――詩はタイトルのみを記し、出典は初出を掲載しています。

［第一章］

与謝野晶子　髪五尺ときなば水にやはらかき少女ごころは秘めて放たじ　『みだれ髪』（東京新詩社・伊藤文友館）

若山牧水　山を見よ山に日は照る海を見よ海に日は照るいざ唇を君　『海の声』（生命社）

正岡子規　明け易き夜を初恋のもどかしき　『寒山落木　巻四』（自筆本）

中川富女　我が恋は林檎の如く美しき　『明治俳句』（博文館）

島崎藤村　「初恋」　『若菜集』（春陽堂）

北原白秋　「初恋」　『思ひ出』（東雲堂）

ヒヤシンス薄紫に咲きにけりはじめて心顫ひそめし日　『桐の花』（東雲堂）

炭太祇　初恋や燈籠によする顔と顔　『太祇句選　後編』

寐よといふ寝ざめの夫や小夜砧　『太祇句選』

［第二章］

成瀬櫻桃子　冬の薔薇さだかならねど恋ならむ　『風色』（牧羊社）

高濱虚子　美しき人や蚕飼いの玉襷　『五百句』（改造社）

橋本多佳子　祭笛吹くとき男佳かりける　『紅絲』（目黒書店）

沢田はぎ女　そなさんと知つての雪の礫かな　『沢田はぎ女句集』（東美友善堂）

島田陽子　「うち　知ってんねん」　『大阪弁のうた二人集　ほんまに　ほんま』（サンリード）

石川啄木　かの時に言ひそびれたる／大切の言葉は今も／胸にのこれど　『一握の砂』（東雲堂）

頬の寒き／流離の旅の人として／路問ふほどのこと言ひしのみ　同右

さりげなく言ひし言葉は／さりげなく君も聴きつらむ／それだけのこと　同右

人がいふ／鬢のほつれのめでたさを／物書く時の君に見たりし　同右

萩原朔太郎　襟しろき女に見とれ四ツ辻の電信柱に突きあたりけり　『ソライロノハナ』（自筆本）

「愛憐」　『月に吠える』（感情詩社・白日社）

三国玲子　めぐりあはむ一人のために明日ありと紅き木の実のイヤリング買ふ　『花前線』（新星書房）
三橋鷹女　千万年後の恋人へダリヤ剪る　『白骨』（鷹女句集刊行会）
鈴木章　「のぶ子」　『ハイティーン詩集』（三一書房）
山之口貘　「求婚の広告」　『思弁の苑』（むらさき出版部）

［第三章］

川口美根子　朝の階のぼるとっさに抱かれき桃の罐詰かかえたるまま　『空に拡がる』（白玉書房）
時実新子　手が好きでやがてすべてが好きになる　『有夫恋』（朝日新聞社）
心読む目でまっすぐにみつめられ　同右
爪を切る時にも思う人のあり　同右
腕の中　一本の花になりきる　同右
かなしみは遠く遠くに桃をむく　同右
紅引くと生きてゆく気がする不思議　同右
新川和江　「呼び名」　『新川和江文庫五　青春詩篇／幼年少年詩篇』（花神社）
土岐善麿　春の夜のともしび消してねむるときひとりの名をば母に告げたり　『遠隣集』（長谷川書房）
寺山修司　林檎の木ゆさぶりやまず逢いたきとき　『花粉航海』（深夜叢書社）
河野裕子　たとへば君　ガサッと落葉すくふやうに私をさらつて行つてはくれぬか　『森のやうに獣のやうに』（青磁社）
陽にすかし葉脈くらきを見つめをり二人のひとを愛してしまへり　同右
われよりも優しき少女に逢ひ給へと狂ほしく身を闇に折りたり　同右
あふれつつ四国の海の鳴る夜を汝が追憶は断たねばならぬ　同右
逆立ちしておまへがおれを眺めてた　たつた一度きりのあの夏のこと　同右
石打つごとく君を打ちつつわれのみが血まみれになり夢よりさめぬ　同右
炎ゆる髪なびかせ万緑に駈けゆきし青春まぎれなくま裸なりき　同右
寝ぐせつきしあなたの髪を風が吹くいちめんにあかるい街をゆくとき　同右
夕闇の桜花の記憶と重なりてはじめて聴きし君が血のおと　同右
森のやうに獣のやうにわれは生く群青の空耳研ぐばかり　同右
永田和宏　きみに逢う以前のぼくに遭いたくて海へのバスに揺られていたり　『メビウスの地平』（茱萸叢書）
きまぐれに抱きあげてみる　きみに棲む炎の重さを測るかたちに　同右

小島ゆかり　形なきものを分け合ひ二人ゐるこの沈黙を育てゆくべし　『水陽炎』（石川書房）

檜紀代　接吻を知りそめし唇林檎食む　未発表句

梅内美華子　一度にわれを咲かせるようにくちづけるベンチに厚き本を落として　『横断歩道』（雁書館）

【第四章】

中原中也　「湖上」　『在りし日の歌』（創元社）

権中納言敦忠　逢ひ見ての後の心にくらぶれば昔は物を思はざりけり　『拾遺和歌集』

北原白秋　君かへす朝の舗石さくさくと雪よ林檎の香のごとくふれ　『桐の花』（東雲堂）

長谷川かな女　呪ふ人は好きな人なり紅芙蓉　『龍膽』（ぬかご社）

鈴木真砂女　男憎しされども恋し柳散る　『卯波』（有楽書房）

北原白秋　「紺屋のおろく」　『思ひ出』（東雲堂）

俵万智　「この味がいいね」と君が言ったから七月六日はサラダ記念日　『サラダ記念日』（河出書房新社）

砂浜のランチついに手つかずの卵サンドが気になっている　同右

君と食む三百円のあなごずしそのおいしさを恋とこそ知れ　同右

我のため生ガキの殻あける指うすく滲める血の色よ愛し　同右

「嫁さんになれよ」だなんてカンチューハイ二本で言ってしまっていいの　同右

陽の中に君と分けあうはつなつのトマト確かな薄皮を持つ　同右

エビフライ　君のしっぽと吾のしっぽ並べて出でて来し洋食屋　同右

スパゲティの最後の一本食べようとしているあなた見ている私　同右

立ったままはふはふ言って食べているおでんのゆげの向こうのあなた　同右

栗木京子　観覧車回れよ回れ想ひ出は君には一日我には一生　『水惑星』（雁書館）

十谷あとり　二人分の孤独を乗せて後戻りできぬ高さを観覧車越ゆ　『ありふれた空』（北冬舎）

道浦母都子　夜を来て大観覧車に揺られいる一人のわれに風吹くばかり　『夕駅』（河出書房新社）

紀野恵　不逢恋逢恋逢不逢恋ゆめゆめわれをゆめな忘れそ　『さやと戦げる玉の緒の』（第一出版）

黄金のみづ歌はさやかにしづめども吾こそ浮きてささやさやさや　同右

ゆめにあふひとのまなじりわたくしがゆめよりほかの何であらうか　同右

ゆふさればあづま下りの恋人の長き腕のゆらぐ天蓋　同右

そは晩夏新古今集の開かれてゐてさかしまに恋ひ初めにけり　同右

ふらんす野武蔵野つは野紫野あしたのゆめのゆふぐれのあめ　同右

詠み人知らず　ほととぎす鳴くやさ月のあやめ草あやめも知らぬ恋もする哉　『古今和歌集』

在原業平　起きもせず寝もせで夜をあかしては春のものとてながめ暮しつ　同右

月やあらぬ春や昔の春ならぬわが身ひとつはもとの身にして　同右

小野小町　思ひつつ寝ればや人の見えつらむ夢としりせば覚めざらましを　同右

和泉式部　黒髪のみだれも知らずうちふせばまづかきやりし人ぞこひしき　『後拾遺和歌集』

藤原定家　かきやりしその黒髪のすぢごとにうちふすほどは面影ぞ立つ　『新古今和歌集』

式子内親王　玉の緒よ絶えなばたえねながらへばしのぶることのよはりもぞする　同右

Heinlich Heine　Wenn ich in deine Augen seh'　Buch der Lieder（Hoffmann Und Campe）

ハイネ　「君が瞳を見るときは」（片山敏彦訳）　『ハイネ詩集』（新潮社）

「おまえの瞳を」（井上正蔵訳）　『歌の本』（岩波書店）

谷川俊太郎　（あいしてます）　『絵葉書世界』第三号（カマル社）

【第五章】

プレヴェール　「朝の食事」（大岡信訳）　『プレヴェール詩集　世界詩人全集十八』（新潮社）

高柳重信　きみ嫁けり遠き一つの訃に似たり　『前略十年』（酩酊社）

恋人のああ何の瞳ぞ薔薇映し　同右

大西民子　帰らざる幾月ドアの合鍵の一つを今も君は持ちゐるらむか　『まぼろしの椅子』（新典書房）

かたはらにおく幻の椅子一つあくがれて待つ夜もなし今は　同右

夕刊を取りこみドアの鍵一つかけてしまへば夜の檻のなか　『風水』（沖積舎）

村木道彦　失恋の〈われ〉をしばらく刑に処す　アイスクリーム断ちという刑　『天唇』（茱萸叢書）

きみはきみばかりを愛しぼくはぼくばかりのおもいに逢う星の夜　同右

するだろう　ぼくをすてたるものがたりマシュマロくちにほおばりながら　同右

谷川俊太郎　「離婚届」　『うつむく青年』（山梨シルクセンター出版部）

【第六章】

山崎方代　思い出は赤き林檎よぎしぎしと二つに裂きて食べて別れき　『こおろぎ』（短歌新聞社）

一度だけ本当の恋がありまして南天の実が知っております　同右

雨もりのしみさえあなたの顔にみえ今日のうつつにこがれゆくなり　『右左口』（短歌新聞社）
ひざまずくわれにほのけきおみなごは春のかすみの果てにとけゆく　同右
指先をのがれし蝶のもどかしく吾が初恋はここに終れり　同右
地上より消えゆくときも人間は暗き秘密を一つ持つべし　『方代』（山上社）

鈴木真砂女
恋を得て蛍は草に沈みけり　『都鳥』（角川書店）
死なうかと囁かれしは蛍の夜　同右
遠き遠き恋が見ゆるよ冬の波　同右
いつの日よりか恋文書かず障子貼る　『卯浪』
泣きし過去鈴虫飼ひて泣かぬ今　『夏帯』（牧羊社）
人と遂に死ねずじまひや木の葉髪　同右
とほのくは愛のみならず夕蛍　『夕螢』（牧羊社）
かのことは夢まぼろしか秋の蝶　『紫木蓮』（角川書店）
愛されしこともありけり蠅叩く　同右
来てみれば花野の果ては海なりし　同右

詠み人知らず
さつきまつ花たちばなの香をかげば昔の人の袖の香ぞする　『古今和歌集』

心敬
（前句）別れし人の遠き面影／（付句）角田川舟待つ暮に袖濡れて　『救済・周阿・心敬連歌合』

尾崎左永子
時を経て相逢ふことのもしあらば語ることばもうつくしからん　『さるびあ街』（琅玕洞）
戦争に失ひしもののひとつにてリボンの長き麦藁帽子　同右
人おのおの生きて苦しむさもあらばあれ絢爛として生きんとぞ思ふ　『彩紅帖』（紅書房）

［第七章］

時田則雄
トレーラーに千個の南瓜と妻を積み霧に濡れつつ野をもどりきぬ　『北方論』（雁書館）
指をもて選りたる種子十万粒芽ばえれば声をあげて妻呼ぶ　同右
妻とわれの農場いちめん萌えたれば蝶は空よりあふれてきたり　同右
二万株の南瓜に水をそそぐ妻麦藁帽を風にそよがせ　同右

中村草田男
空は太初の青さ妻より林檎うく　『来し方行方』（自文堂）
奪ひ得ぬ夫婦の恋や水仙花　同右
妻二夕夜あらず二夕夜の天の川　『火の島』（龍星閣）

吾妻かの三日月ほどの吾子胎すか　同右
妻抱かな春昼の砂利踏みて帰る　同右
妻恋し炎天の岩石もて撃ち　同右
万緑の中や吾子の歯生え初むる　同右
桜の実紅経てむらさき吾子生る　同右
あかんぼの舌の強さや飛び飛ぶ雪　同右
赤んぼの五指がつかみしセルの肩　同右
虹に謝す妻よりほかに女知らず　『万緑』（甲鳥書林）
生れて十日生命が赤し風まぶし　『銀河依然』（みすず書房）

与謝野晶子

日のくれは君の恋しやなつかしや息ふさがるるここちこそすれ　『さくら草』（東雲堂）
銀のかぜ水晶の風わが思ふ男に似たる夕ぐれのかぜ　同右
なにとなく君に待たるるここちして出でし花野の夕月夜かな　『みだれ髪』
山山を若葉包めり世にあらば君が初夏われの初夏　『白桜集』（改造社）

土屋文明

さまざまの七十年すごし今は見る最もうつくしき汝を柩に　『青南後集』（石川書房）
袷には下着重ねよとうるさく言ふ者もなくなりぬ素直に着よう　同右
九十三の手足はかう重いものなのか思はざりき労らざりき過ぎぬ　同右
久方のうすき光に匂ふ葉のひそかに人を思はしめつつ　『ふゆくさ』（古今書院）
西方に峡ひらけて夕あかし吾が恋ふる人の国の入り日か　同右
春といへど今宵わが戸に風寒しわがこころづまさはりあるなよ　同右
寒き国に移りて秋の早ければ温泉の幸をたのむ妻かも　同右

著者紹介
近藤 真
こんどう まこと

1957年、山口県宇部市に生まれ、長崎県北松浦郡で育つ。国語教師として、文学作品の深い読みと創作をとおし生徒がみずからのことばを紡ぐ授業をつくりつづけてきた。現在、長崎県内の中学校校長。

著書に『中学生のことばの授業――詩・短歌・俳句を作る、読む』『コンピューター綴り方教室』、共著書に『文学作品の読み方・詩の読み方』がある。ほか、『中学校新国語科の授業モデル〈4〉』『情報リテラシー――言葉に立ち止まる国語の授業』『地域で障害者と共生五十年』などに執筆。〈NHK10min. ボックス 現代文／古文・漢文〉番組委員。

大人のための恋歌（れんか）の授業
〝君〟への想いを詩歌にのせて

2012年3月30日　初版印刷
2012年4月20日　初版発行

著者…………近藤 真

装丁…………柳川貴代
発行者………北山理子
発行所………株式会社太郎次郎社エディタス
東京都文京区本郷4-3-4-3F　郵便番号113-0033
電話 03-3815-0605
http://www.tarojiro.co.jp/
電子メール　tarojiro@tarojiro.co.jp

印刷・製本…シナノ書籍印刷
定価…………カバーに表示してあります

ISBN978-4-8118-0755-3　C0095